허튼 노랫소리―散詩 모음집

황봉구
1948년 경기도 장단에서 태어났다.
시집 『새끼 붕어가 죽은 어느 추운 날』 『생선 가게를 위한 두 개의 변주』 『풀어뜯을 수
도 없는 숨소리』 『넘나드는 사잇길에서』, 짧은 산문집 『당신은 하늘에 소리를 지르고
싶다』, 여행기 『아름다운 중국을 찾아서』 『명나라 뒷골목 60일 간 헤매기』, 음악 산문
집 『태초에 음악이 있었다』 『소리의 늪』, 회화 산문집 『그림의 숲』, 예술철학 에세이 『생
명의 정신과 예술—제1권 정신에 관하여』 『생명의 정신과 예술—제2권 생명에 관하여』
『생명의 정신과 예술—제3권 예술에 관하여』, 예술 비평집 『사람은 모두 예술가다』, 산
문집 『바람의 그림자』 등을 썼다.

파란시선 0054 허튼 노랫소리—散詩 모음집

1판 1쇄 펴낸날 2020년 5월 10일
지은이 황봉구
디자인 최선영
인쇄인 (주)두경 정지오
펴낸이 채상우
펴낸곳 (주)함께하는출판그룹파란
등록번호 제2015-000068호
등록일자 2015년 9월 15일
주소 (10387) 경기도 고양시 일산서구 중앙로 1455 대우시티프라자 B1 202호
전화 031-919-4288
팩스 031-919-4287
모바일팩스 0504-441-3439
이메일 bookparan2015@hanmail.net

ⓒ황봉구, 2020, printed in Seoul, Korea

ISBN 979-11-87756-65-1 03810

값 16,000원

허튼 노랫소리—散詩 모음집

황봉구 시집

시인의 말

散詩는 허튼 노랫가락이다. 散調가 허튼가락인 것처럼. 시로 쓰인, 시로 불리고, 시로 읽히는 노래. 시이지만 산문이나 정형화된 시라는 형식의 틀을 벗어나 새로운 생김새를 갖는다. 생김새는 소리와 빛으로 이루어진다. 소리와 빛은 흐른다. 생동하는 우주 생명과 율파로 가득 찬 이 세상은 언제나 새로운 생김새를 빚어낸다. 모든 생명체는 하나의 생김새를 지닌다. 생김새는 그 자체로 생명을 품는다. 무수한 생김새가 하나의 생김새로 하나의 우주를 이룬다. 이를 노래하는 시도 하나의 생김새로 그 흐름에 동참한다. 생김새는 모양새와 짜임새로 이루어진다. 생김새는 본디 흐르며 변화한다. 생김새는 열려 있음이다. 이 시집에서 새로운 모양새와 새로운 짜임새로 한껏 열려 있는 생김새가 드러났으면 좋겠다.

차례

일러두기
시집 가운데 일부 단어들의 띄어쓰기(예컨대 '빛소리', '소리꽃', '춤짓' 등)
는 시인의 의도에 따라 현행 맞춤법 및 ㈜파란의 표기 원칙과 다릅니다.

제1부 허튼 노랫소리

사슴미 짐대에 올아셔 **꽃琴**을 허거를 드로라

1.

사람소리

소리가 승화하며 소리가 된다.
사람이 해탈하며 사람이 된다.
사람의 아들도 사람.
부처도 사람이다.

사람이 소리이고
소리가 사람이다.

부름이 있어 소리.
사람소리.

들음이 있어 소리.
사람소리.

소리를 내어 본다.
소리를 듣는다.
사람아.
사람.

2.

본디 소리이니 소리가 있어 소리가 된다. 소리가 만물을 낳고, 만물이 소리이다. 소리를 따라 만물이 변화하며 흐른다. 하늘이, 땅이 소리이니 만물이 소리 속에 산다.

깜깜한 우주의 밤에 멀리 새벽의 빛이 흐른다. 빛은 파동. 파동이 소리다. 빛소리. 소리빛. 여명이 그대의 창문을 열고 소리를 건넨다. 잠을 자는 그대. 소리들이 일깨워지고, 소리빛이 그대의 가슴을 환하게 밝힌다. 소리꽃이 울긋불긋 피어오른다.

소리가 흐른다. 모이다가 흩어지고, 걷고 뛰다가 날아가기도 하고, 둥둥 떠내려간다. 소리가 헤엄친다. 출렁거린다. 소리파도가 우주를 수놓는다. 밀려오고 밀려간다. 나타나고 사라진다. 율파가 춤을 춘다.

소리가 말을 한다.
마음소리.

마음소리가 얼굴을 내밀고 귀에 속삭인다.
노랫소리.

노랫소리가 무지개로 번져 나간다.
소리가 꽃이다.

3.

소리는 숨이다.
생명의 숨꽃이 가슴을 드나든다.

보이는 것
들리는 것
만져지는 것
느껴지는 것
만물이 생명인데,

생명이
보고
듣고
만지고
느끼는 것
모두 가슴을 할딱거리는 숨꽃인데,

소리가 꽃이고
꽃이 소리로다.

마르고

마르다가

팽팽하게

바위처럼 단단해서

물어뜯을 수도 없는 숨소리

그러다가

낮과 밤에 이울어

부서지고

무심결

사라지는……

─「숨소리」(『물어뜯을 수도 없는 숨소리』)

4.

검은 파동이 넘실대는 우주.
태양이 무리를 이루어 살림을 차렸다.
길을 잃을까 봐 아이들을 돌보고 있을 때,

어린아이 지구는
파동에 쫓기면서 파동을 좇았다.
파동이 파동과 부대끼며 노래가 울었다.

율파가 태어날 때
산모는 고통에 울었다.

아이는 노래하며 울고 있었다.
봄·여름·가을·겨울이 춤을 추며 흐느꼈다.

밀려오다 떠나가고, 만났다가 되돌아가고
생명의 숨소리들이 어울리다가 헤어졌다.
율파의 떨림은 울음이었다.

파동은 온갖 춤사위로 소리 내어 울었다.
울음이 노래가 되었다.
춤소리가 아팠다.

5.

소리가 건너와 마주 앉는다. 수만 년 나이를 먹었어도 화장을 지운 얼굴에 살색이 뽀얗다. 그가 물음을 던진다. 나를 본 적이 있느냐고. 내 이름이 무엇이냐고. 시시각각 사라졌다가 나타나고, 죽었다가 살아나고, 잡혔다가 도망가고, 얼굴을 보였다가 천변만변 가면을 쓰고, 바람에 날리다가 아무 곳에나 주저앉고.

답했다. 소리는 소리일 뿐이야. 소리가 미소를 짓는다. 반가움에 출렁이며 소리의 얼굴이 바뀐다. 물결치며 흐르는 소리. 너풀거리며 춤을 추는 소리. 몸짓, 춤짓, 소리짓이 어우러져 율동으로 흐르는 소리. 그건 당신 마음속 파도일 거야. 갈매기 울음에 파도 흰머리가 바위에 부딪쳐 깨어지고 있을 거야. 그대가 들어주기를 바라는 소리들이 지천에 널려 있어. 나는 그중 하나일 뿐이야. 당신과 얼굴을 맞대고 있는 이 순간에 나는 호흡을 하지. 생명의 숨결이 느껴져. 나 말고도 지금 밖에서 당신을 기다리며 소리들이 줄을 지어 서 있지. 동이 트기 전부터 어둠은 온통 소리였어. 소리는 당신의 눈길이, 손길이 배고팠던 거야.

그대의 따스한 눈길이 좋아
춤을 추고 싶어.
노래를 불러 줘.

박자는?

춤사위는 파동.
물결 따라 흐르고 싶어.
북채와 손바닥으로 장단을 두드려 봐.
간격을 가지런히 손짓 발짓 맞추고 싶어.

짓소리를 강하게 할까.
빛소리가 여린가.
맞춰 봐.

그대는 나를 리듬이라 부르나 봐.
나란히 줄도 세우고.
고깔에 때때옷
운율이네.

앞을 맞추면 두운.
뒤를 힘주면 각운.
흥얼거리면 마음꽃이든가.

운의 손을 잡고
마음꽃이 부르는 노래.
리듬은 모두 우리 친구들이야.
소리 어머니가 낳으신 어깨동무 벗들이야.

춤짓, 짓거리, 소리짓, 빛소리 함께 어울려 율파를 만들지.

소리의 우주 속에, 인간의 손길이 미치는 곳에, 느낌이 닿는 곳에, 율동과 율파가 넘쳐 난다. 갓 태어난 느낌의 아기들이 출렁거린다. 밀려오고 밀려가고, 율파는 되풀이를 되풀이한다. 되풀이마다 차이가 있어 소리 얼굴이 바뀐다. 차이는 리듬의 날개를 달고 느낌의 하늘을 헤엄친다. 새로운 느낌들이 뚝뚝 하늘에서 떨어진다. 차이의 파동, 율파가 그대를 찾는다. 가락이 탄생한다. 노래를 불러라. 천지의 창조는 노래의 흐름이려니. 흐름새에 율파가 몸을 바꾼다. 느낌의 춤사위가 울긋불긋하다. 자진한잎. 중한잎. 늦은한잎. 청성자진한잎. 숨을 마시고, 숨을 내뱉는다. 숨결 가다듬은 한 잎, 한 잎이 모두 노래다.

6.

소리가 우주를 뒤덮을 때
소리는 리듬으로 사람에게 다가선다.

소리가 리듬의 배로 항해할 때,
소리는 사람의 얼굴이 된다.
사람소리가 리듬이다.

맥박이 뛴다.

소리가 들린다.

가슴 고동이 분출한다.

대기가 온몸을 떨며 노래를 부른다.

사람이 리듬이다.

얼굴에 소리빛이 환하다.

생명이 리듬으로 춤을 춘다.

리듬으로 노래하는 자

그대 복이 있나니 소리빛을 찬양하라.

7.

소리는 두루뭉술한 덩어리. 물컹물컹 흘러 덩이덩이 맺히다가 풀어지고, 작아졌다 커지고, 퍼졌다가 오므라들고, 보이다가 보이지 않고, 들리다가 들리지 않고, 만져졌다가 사라지고, 우주가 본디 덩어리이니 소리도 덩이덩이 허튼 덩어리.

소리는 소리덩치. 갖가지 덩치소리가 세상을 뒤덮는다. 덩치가 새가슴이 되면 가냘프게 하늘을 날고, 덩치가 산이 되고 바다가 되면 만물이 품에 깃든다.

맺혀 뭉치가 되고 흩어져 허튼소리가 된다. 집을 떠난 나그네들이 늙어 돌아오는 소리. 뭉치고 맺혀 바위가 된 소리. 소리, 소리, 소리, 또 소리. 소리들이 모여 소리뭉치가 하늘과 땅을 메우며 흐른다.

소리덩어리. 소리덩치. 소리뭉치. 오늘, 그대는 뭉치에서 보일 듯 말 듯, 한 올의 실낱 소리를, 소리그림자를, 소리꼬리를 붙잡아 듣고 있다.

8.

태초에 생소리가 있었다.
날것의 생소리.
날소리.

사랑을 할 때마다 생날소리.
생날소리가 얼굴에 화장을 하고
온몸을 씰룩거리며 그대의 집을 드나든다.

9.

소리가 짓을 낳는다.
짓이 소리를 만든다.

소리가 흐른다.
짓이 흐른다.

세상은 소리와 짓
소리와 짓이 만물을 낳는다.

소리덩이 소리뭉치
짓거리 더미가 흘러간다.

10.

소리짓
생소리들이 흘레를 한다.

짓거리
짓더미에 풍덩
짓들이 흘러흘러 흘레붙는다.

소리와 짓이 흘레한다.

하늘과 땅이 붙고
해와 달이 섞인다.

온갖 잡것들이 춤을 추며 흘레한다.

짓하는 소리가 우주를 덮는다.

생소리가 기운을 낳고
날소리에 생기가 넘쳐 난다.
낳음이 또 낳음을 이어 간다.

메마른 대지에 우람한 산들이 뻗쳐 나고
소리가 젖어 흘러 바다를 이룬다.

11.

시간의 몸짓
소리의 춤짓

한줄기 빛을 찾기 위해 얼마나 간절했던가.
빛소리 한 말씀을 듣기 위해 얼마나 아팠던가.

치열하게 고통스러웠던 짓소리. 모든 회한은 묻어야 하리. 절벽에 부딪히며 깨어지는 파도의 흰머리. 끝내 무너져 나락으로 떨어지는 바윗돌과 함께 폭풍우에 묻어야 하리.

폭발하는
이 소리

이 빛
이 몸짓
무릎 꿇고 다가가니 받아 주소서.

하늘에서 강습하는 추위에도 바다는 파르라니 빛났다.
겨울 태양이 치솟으며 하늘을 뚫는다.

12.

태어나면서 울었다. 아기였다. 아기이니 울었다.
그냥 울었다.

어른이 되어서도 울었다. 어른이 서러워 울었다.
사는 게, 숨 쉬는 게 좋아서도 울었다.

기쁘고, 화가 나고, 슬프고, 두렵고, 사랑하고, 싫어해
서,
욕망이 있어 울었다.

울음을 뒤집으면 웃음이 되었다.
웃음의 그늘에 울음이 살고 있었다.

삶이,
웃음 옷에

숨꽃이 울음이었다.

울음꽃이었다.
울음은 꽃소리였다.
어려서부터 꽃을 땄다.
화환을 머리에 얹기도 하고
꽃다발을 품고 꽃길을 걸었다.

소리울음이 그대와 나를 오갔다.
춘삼월 벚꽃만큼이나 해 길이는 짧았다.

13.

생명의 불꽃소리.

한바탕 마당소리
질펀하게 울려 대는 판소리.
왁자지껄 삼현육각 어울리는 광대놀음.

신명소리.
생명이 꿈틀거리는 소리.

천천히 어둠을 밝히는
영산회상.

소리.

높고 빠르게 노래 한 곡.
청성자진한잎.
하늘과 땅이
귀를 연다.

14.

달팽이 소리
지렁이 소리
굼벵이 소리

소리가 사라지지 않고
궤적을 남긴다.

15.

것. 것. 것.
것들이 소리를 낸다.
어둠 속에 빛을 뿜는다.

빛 속에,
움직임 속에,

소리 속에 것들이 살아간다.

것들의 춤사위 짓거리.
소리가 빛을 부르고,
빛이 짓이 되고,
것이 숨 쉰다.

소리빛이 짓것이다.

16.

소리는 맛.
세상살이도 맛.
쓰고, 달고, 맵고, 시고, 떫은데

하늘이 도우사
냄새가 두 손을 벌려 맛을 품는다.

것들이
향연에 초대받아
맛소리, 내음소리에 춤을 춘다.

세상이 배부르다.
맛과 냄새가 홍수를 일으킨다.

음이 일어남은 사람에게 어떤 마음이 생겨나기 때문이다. 사람의 마음이 움직임은 사물이 그렇게 만든다. 사물을 느끼게 되면 움직이게 되고, 소리에 모습이 생겨난다. 소리는 서로 응하며 이는 변화를 낳는다. 변화가 구별이 되면 이를 음이라 한다. 음을 엮어 음악으로 만들어서 춤에 맞추면 이를 음악이라 한다. 음은 사람의 마음에서 생긴다. 정이 가슴에서 움직이게 되면 소리에 모습이 생겨나는데 그 소리는 무늬를 이룬다. 이를 음이라 한다. 커다란 음악은 하늘과 땅과 함께 조화를 이룬다.[1]

1『禮記』,「樂記」. 凡音之起, 由人心生也. 人心之動, 物使之然也. 感於物而動, 故形於聲. 聲相應, 故生變; 變成方, 謂之音. 比音而樂之, 及干戚羽旄. 謂之樂. 凡音者, 生人心者也. 情動於中, 故形於聲. 聲成文, 謂之音. 大樂與天地同和.

17.

　그대 목구멍에서 그르렁하며 올라오는 소리. 가슴속 동굴을 통과하면서 우주와 맞닿아 생기는 소리. 들려오는 소리. 그대 마음에 천 개의 귀를 열어 놓다. 천 개의 손이 달린 소리. 얼굴이 열한 개인 보살소리.

　파도가 흰머리로 부서지다가 바다로 되돌아갈 때,
　자비와 사랑이 나타나 소리를 어루만질 때,
　소리는 음이 된다.
　꽃무늬 소리.
　노랫소리.

　부처의 圓音
　예수의 福音

　음이여.
　불러 주소서.
　얼굴을 보여 주소서.
　귀 기울여 들리도록 하소서.
　어디에서 와서 어디로 가시나이까.

18.

울어야 했을까

—말러 9번 교향곡 1악장에 붙여

바위,

몸을 저미어
그늘진 틈 사이로
방울방울 스며 나는

젖은 옹달가슴
젖은 소리를 떨구어
젖은 세상살이의 귀를 열다

벌써부터 젖어 있는,
태생부터 적셔 있는

본디 그러할까마는,

너와 나
바람에다가
해와 달 그리고 별
민들레 흩날리는 꽃씨까지도

품어야 했을까

되돌아와 정녕 되돌아와 그래야만 했을까

소리가 감당할 수 있을까
부처의 圓音이 될 수 있을까

탁발승,
노래하는 오르페우스
월인천강을 건너는 그대,
이승과 저승의 시울을 적시다

2018. 2. 3.
찬바람이 몹시 부는 남해 바닷가의 어느 저녁에

19.

그냥 울겠습니다
—베토벤 현악사중주 Op.132의 3악장을 들으며

주말과 평일이 잘 구분되지 않는 늙은 삶에서, 미래보
다 지나온 과거의 흔적이 아무리 잊혀도 더 많은 나이에,
순간이 전부라고, 현재가 과거와 미래를 모두 품었다고 자
위를 해도, 이 무더위에 넉넉한 팔자로 남부러울 게 없어
도, 아침마다 뜨거운 해돋이에 마음을 새롭게 다잡아도,
이른 새벽부터 세 시간이나 운동하며 땀 찌꺼기를 모두 뽑

어 내도, 파도가 가파른 절벽에 속절없이 부딪치며 깨어지며, 하늘 밑 세상살이 끝내 성이 차지 않아, 달리며 두 귀로 TOOL의 Undertow, 앨범 전체를, 찢기고 터져 나가는 목소리, 세상을 갈기갈기 씹어 삼키는 드럼과 베이스 굉음을 두 번이나 되풀이해서 듣다가,

불현듯, 바보 베토벤! 신을 거부하며 치열하게 반항하던 고집쟁이가, 장가도 못 가고 우주를 사랑했던 멍청이가, 오십 중반에 한 번 죽을 만큼 앓다가 겨우 살아나더니, 갑작스레 하느님을 찾으면서 끼적거려 써 댄 선율을, 하릴없이 눈을 감고 맹숭맹숭 누워 듣다가,

그 양반보다 훨씬 오래 산 이 인간이, 순간이 새삼 가슴 북받쳐 치밀어 올라 온몸을 부르르 떨다가, 짙게 젖은 안갯속을 헤매고, 흐르며, 멈칫멈칫 다시 움직이다가, 멍하니 하늘을 쳐다보다가, 마냥 방울방울 젖어 들다가, 바위에 여울이 깨어지다가,

눈을 뜨겠습니다.
다시는 젖지 않도록 하겠습니다.

소리빛이여,

그래도, 그래도 눈물이 납니다.

그냥 울겠습니다.

2019. 8. 12.

20.

소리앓이

소리가 앓는다.
생소리는 본디 소리앓이.
세상살이 숨소리는 오래된 앓이소리.

소리앓이가 오래되었다. 대를 이었다. 이어 가고 있다. 이어 감이 있음이다. 있음이 이어 감이다. 있음이 소리앓이이다. 있음이 있음을 낳는다. 끝내 치료받지 못할 유전병이다. 있음이 앓이를 앓는다. 있음이 아프다.

소리앓이는 가슴앓이. 가슴은 느낌. 소리로 가득 찬 가슴에 느낌의 소용돌이가 휘몰아친다.

소리앓이는 느낌앓이. 느낌은 살이. 느낌살이의 길은 앓이로 메워져 있다. 앓이, 앓이가 지나간 자국마다 느낌살이의 소리앓이가 배어 나온다.

있음은 엷게 시름시름 앓는다. 소리살이가 끝남은 죽음이 아니다. 영원한 소리앓이로 바뀔 뿐. 소리는 흐를 뿐. 이어 가는 죽음이 흐름에 있음으로 얹힌다.

21.

존재의 무거움

늙어
여리고
헐거워져
바람마다 나들어
안개로 부풀은 슬픔이

맺혀
소리로
당신에서 나와
지구 밖으로 뻗치더니
우주의 별자리를 모두 삼키다

빛이,
있음이
소리 되어
어둠으로 돌아가리라

2019. 10. 20.

새벽 네 시에 일어나 하늘에는 별이 보이지 않고, 앞바다 먼 바다 아른거리는 불빛을 바라보며⋯⋯.

죽음이 생각나기 때문이다
'치열'한 것은

어둠의 아가리가
잡아먹기 전에

불을 지피어
활활 타오르며
독기를 내뿜다가

땅에 서서
하늘 아래 하늘거리는
풀잎 하나를
으스러지도록 얼싸안고
함께 강물처럼 흐느끼는 것은

틈새마다
죽음의 그림자를 보기 때문이다

순간마다
숨 쉴 때마다
살아 있음이 눈물겹기 때문이다
　　—「치열」(『생선 가게를 주제로 한 두 개의 변주』)

22.

창가의 빗방울

하얀 어둠이
하얀 덩이가 뭉텅뭉텅
하얗게 먼 손짓을 적시는 아침에

비구름 사이로
언제인가 떠난 형님과 아우의 숨소리

맺혀
창가에 부딪치며
Jakob Bro 기타 줄을 타고 흐른다

시간의 찌꺼기 속에
삭아져 희미해 가는 외침들

태양의 그림자로
바스러진 뼛가루들이 관 속에 눕는다

2019. 5. 18.
이른 새벽부터 빗줄기가 거세다. Jakob Bro Trio의 재즈를
듣는다. 비구름의 검은 무거움이 하얀 소리들로 기화하며 한없

이, 말없이 창유리를 타고 내린다.

23.

아버지의 소리

관 속에 누우신 아버지
한껏 오그라든
몸

몸
모든 기억을 압착해
온 세상 온 우주보다 무겁다

殮으로
무게에 벗어나고자
당신의 낯을 하얗게 덮는다

着火
초신성으로 폭발해야 하리라
누가 그대에게 마지막 불꽃을 당길까

한 줌의 재만 남기고
텅 빈 우주를 휘감는 불꽃소리들

십여 년이 지나서도 파도가 들려주는 그 소리들

환생의 햇살이
언어를 화석으로 삼킨 바다를,
관세음보살 소리빛이 뒤흔드는 아침에

문자를 비운
사람의 소리 Dagar,
Raga Bhopali를 듣다

2019. 6. 2.
엊저녁 잠자리가 무거웠다. 아침에 빛이 부서지는 바다를 바
라보며 떠나가신 아버지를 떠올리다. 소리들이 무너진다. 하얗
게…….

24.

밤에 다가오는 소리

갈라진 혀를
치열하게 날름대다가

미끄러지듯 사라진 곳에
궤적은 춤도록 파르스름하고

언어의 껍질만 새하얗게 바스라지다

시꺼멓게 덮쳐 오는 절벽
살쾡이가 시퍼렇게 눈뜬 채로 투신하고

도깨비불은
거짓말 같은 삶에
길길이 날뛰다가 지쳐 쓰러지다

까무러치다가
희번득 자지러지며
눈물 가득히 깔깔대는 웃음소리

낙엽 쓸리는 소리가
어둠을 갉아먹으며 창백해질 때

저벅저벅
세상을 메우듯 다가오는 소리

검은 발소리

2017. 3. 30.
새벽 남해에서

25.

잊어라.
사라져라.
스스로 사르리라.

죽음을 맞아
몸을 불사를 때
바짝 마른 나무는
온 힘으로 소리를 친다.

불꽃이 잦아들 때
사라지는 소리.
그림자 소리.

하얀 재가 소리를 찾아서
바람에 흩날린다.

그늘에 어른거리는 허우대 그림자,
그림자는 기억 속에 소리로 살아간다.

26.

죽음의 그림자

어둠 속에 모양새를 갖추고 속삭인다.

죽음은 누가 들려주는 소리가 아니다.
당신 가슴에 숨어 있다가 고개를 쳐든다.
주위의 어둠을 끌어들여 당신을 감싸며 다가든다.
죽음이 찾아오는 것이 아니라 당신이 죽음을 일깨운다.

그대가 죽음의 소리그림자를 하나씩 벗기며 갉아 든다.
그대가 죽음을 갉아먹으며 죽음의 얼굴을 드러낸다.
그대는 오늘도 죽음을 품고 있다.
그대는 나날이 죽어 간다.
그대는 죽고 있다.

죽음의 소리.
삶이 죽음이다.
죽어 가며 아우성치는 삶의 소리들.
존재는 죽음의 강을 건너는 다리 한가운데 서 있다.

27.

죽음은 사라짐이 아니다.
죽음이 소리 속으로 들어가 흘러간다.
삶의 소리그림자에 죽음이 배를 젓고 있다.

죽음으로 존재는 영원한 손님이 되고,[2]
존재가 존재 속으로 사라져 존재가 되고,
소리와 빛으로 그리고 향내로 하늘을 떠돈다.

만물이 소리인데
소리로 이름을 불러 본다.

28.

공자는 어두운 귀신소리에
절하며 제사를 올린다.
붙잡을 수도 없고
보이지도 않고
들리지 않는
그늘소리
죽음소리.

향이 피어오르며
불러 대는 이름마다 생명의 숨소리.

삶의 소리.
죽음이 없는 소리.

---

2 화이트헤드의 『과정과 실재』에 나오는 '영원한 객체'를 가리킴.

죽음을 이어 가는 소리.
삶이 죽음을 품에 안고 흐르는 소리.

29.

진딧물 꽁무니를 쫓아다니는 개미.
원추리 꽃잎 시드는 소리를
꿀물로 마신다.

삶이 삶을 삼키는 소리.
죽어 가는 꽃소리가 개미 알소리를 낳는다.

봄바람
살랑거리는 소리.
죽음 속에 소리들이 태어난다.

30.

깨어지는 빗소리

하늘에게
버림받았을까
추락하는 빗방울이
바다마저 회색으로 튕겨

부서지는 안개로 떠돌다가

늙은 눈 안에서
다리를 절룩거리며
아픔을 호소하는 아침에

리스트의 'un sospiro'
춤추는 피아노 설레 흔드는 손짓에

빗소리
깨어지는 낙숫물 소리
바위마저 멍드는 개울 소리

피어나다가 꺾인 꽃봉오리 소리
그래도 여태껏 사랑하는 소리
주름에 검버섯 소리

하얗게 모두
그림자도 남기지 않고 사라져 가다

2019. 8. 27.

비가 내린다. 바다가 비안개로 자욱하다. 리스트의 피아노 소리방울들이 빗방울이 되어 눈 안에서 춤을 추다.

31.

검은 소리의 바다
—말러 9번 교향곡에 붙여

새까맣도록
검댕이가 짓이겨진
깜깜나라 슬픔의 밤바다

울음을 삭히면서
끊어질 듯, 무너질 듯
흔들리는 회색의 다리를 건넌다

바이올린과 하프가
휘돌아 때리는 삭풍 속에
먼 기억의 한두 줄기 빛을 부둥키는데

동그란 원에
시작도 끝도 없이
되돌아 되돌아 되풀이일까

빛이
꽃들이
숨소리들이

멋모르고 부풀은 뭉게구름이

하늘에서 떨어지듯
흐느끼다가 통곡하다가

파도 머리 하얗게 부서지며
눈물만 흐르는데

소리들이, 소리들이
밀려서
밀려오다가
벼랑에 부딪치고

안간힘에
부서져라 온몸으로……
하얗게 거품들이 우주로 사라지다

하나로 되돌아가는 게지,

새까맣도록
검댕이까지 삼키는
천만년 삭은 슬픔의 소리바다

2017. 7. 3.

32.

삶의 소리들

그대 소리들은 누구인가
지나온 투쟁들의 붉은 흔적을

온몸에 걸치는
두 손 모아 받아들이는

기쁨일까 비극일까
그들은 이 어두운 밤
길을 헤매는 지금, 지금에도
이 순간에게 빛이 될 수 있을까

부정하지 마라
빛은 전에 어둠이었을 터

왜 바보처럼 되풀이할까
붙박이로 어디에 달아 놓을 수 없을까

쳐다만 보면 되는데
기억하기만 하면 되는데
따라서 시늉만 해도 되는데

시간의 수레바퀴는 궤적을 남기지 않나 보다
역사를 읽지 못하는 문맹일까
왜 바보처럼 힘이 들까

술에 취해서 비틀거리는 밤
갈라지며 희미하게 스며 나오는 불빛
당신은 어디에서 와서 어디로 걸어가는가

붙들어야 할까
안간힘에 버텨야 할까
숨소리를 들으며 움켜잡아야 할까

소리들은 어디로 흘러갔을까
소리가 소리를 삼켜 노래가 되었을까

살아 있을까
되살릴 수 없을까

나는 지금도 새로운 소리를 토해 내는데
이 소리들은 얼마나 버틸까
악보에 적힐 수 있을까
누군가 들을까
네가 들을까

파열음을
마른 눈물을……

그래도 그래도
소리를 소리쳐야지
소리가 으스러지도록 소리쳐야 돼
지금, 지금껏, 당장, 지금도, 지금 소리치고 있을 거야

2019. 9. 23.
　태풍 타파가 지나고 갑자기 조용해진 바다, 이렇게 맑을 수
가……. 수평선 너머 이 세상 모든 섬들이 눈에 드러나 환하다.
이런 날에 찾아온 밤, 무엇을 노래해야 할까.

33-1.

브루크너의 아다지오에 붙여

모든 아다지오에 'feierlich'를 새긴다.
느림의 소리짓.
장엄하다.
영혼이.

6번 아다지오

7번 아다지오

8번 아다지오

9번 아다지오

"매우 장엄하게 그리고 아주 천천히."[3]

몸뚱이를 지상에 놓은 채, 소리가 하늘로 향하는 다리를 건너고 있다. 다리가 흔들린다. 끊어질 듯 무너질 듯 여리게 버티는 좁은 다리. 저 멀리 좁은 문. 소리의 걸음새가 마냥 둔하고 더디다. 두 손으로 기도를 하다가 벌떡 일어나 하늘을 향해 목청을 높여 외친다. 이 부르짖음을 받아 주소서. 오케스트라의 모든 악기들이 동참한다. 높아지던 현들의 소리가 뚝 고개를 떨군다. 관악기들이 안간힘으로 버텨 준다. 갈채는 사라진 지 오래. 소리 없는 소리. 깊고 무거운 소리. 삶이 죽음에 이르도록 갈무리했던 소리. 이 간절한 바람의 소리를 받아 주소서. 하늘이 마중하는 빛 소리. 천천히 다가서는 느림의 소리짓. 장엄하다. 빛과 소리가 환하게 둘러싸며 그대 영혼이 장엄한 의상을 걸친다.

2019. 12. 4.

오후가 깊어 간다. 하늘이 추위를 급강하시키고 있다. 바다는 말없이 새파랗게 빛난다. 파도는 수면 밑으로 숨은 지 오래다. 소리가 들린다. 멸치 떼, 갈치 떼, 삼치 떼…… 하늘에 아랑곳

---

3 sehr feierlich und sehr langsam.

하지 않는 그들의 무한한 유영의 소리. 헤엄치는 소리. 빛소리.

33-2.

브루크너 교향곡 7번 아다지오에 붙여

받아 주소서.
지금껏 걸어왔습니다.
이제 당신에게 다가서렵니다.
보일 듯 말 듯 까마득히 멉니다.

그대 계신 곳
가파르게 높은 곳
험한 비탈길을 올라갑니다.
비바람이 불고 돌덩이가 쏟아집니다.

어둡습니다.
그래도 올라갑니다.
온몸이 만신창이지만
다시 일어서 올라갑니다.
천천히 기어서라도 가겠습니다.

가까이 다가서면
그대여, 신기루처럼 사라집니다.

넘어져도
다시 올라갑니다.
말씀이 들리는데도
그대여, 숨어 보이지 않습니다.

아픕니다.
쓰러집니다.
무너져 내립니다.
정강이가 깨어졌습니다.
피를 쏟아 혼절하기도 했습니다.

영원한 되풀이,
그래도 올라갑니다.
온몸으로 무겁게 노래를 하며,
그대 가까이 계심을 찬양하며 오릅니다.

또 내치십니까.
또 사라지십니까.
기운이 다해 갑니다.
마지막 힘을 쏟아 다가섭니다.
오케스트라가 울부짖으며 외칩니다.

아픕니다.

쓰러집니다.
무너져 혼절합니다.

엎드려 울음을 우는 저에게
그대여. 빛을 보여 주시렵니까.
손을 내밀어 이 못난 인간을 구원하시렵니까.

꺾입니다.
지치고 깨어져
욕망을 내려놓고
처음으로 되돌아가
잊어버리고 그냥 눕습니다.

그대여,
울음을 거두라 하십니까.
눈뜨고 일어나 문을 두들기라 하십니까.

빛이 환합니다.
소리가 들립니다.
좁은 문이 열립니다.
이 못난이를 받아 주십니까.
소리빛이 누리에 충만합니다.

2019. 12. 27.

이른 아침부터 브루크너의 교향곡 7번 전곡을 듣다. 2악장을 다시 한 번 더 듣다. 모처럼 미세 먼지가 말끔하게 사라졌다. 먼 바다와 섬들이 한눈에 들어온다. 환하다. 마치 무거운 음악이 환해지는 것처럼.

序詩

아다지오는 쓸쓸하고 깊은데
한 세상 아다지오였던가
그래야만 했던가

그대의 눈물인가
하늘의 悲歌인가
느린 음
바이올린의 나지막한 슬픔은
은하수로 한없이 흘러만 가네

누구를 울리는 세레나데일까
죽음을 겁내는 삶의 혼불일까
좁은 문 두드리며
하늘을 찾는 그대여
백조의 노래를 부르는가

영혼의 비통함이여
간주곡도
아다지오로 불러야 했던가

귀신들이 춤을 추는 어둠 속에
그대는 부르는구나 노래를

까맣게 가슴 적시는 야상곡을!

살아서 스스로
그대의 죽음에 바치는 장송곡이여
떨리는 손으로 碑銘을 연주하라
눈물도 메마른다
죽음의 헛그림자를 좇으며
묵묵히 걷는구나
하늘아 들어 다오
첼로의 아다지오를!
비통한 나팔 소리가 바람에 흩어진다

매듭을 지어라
죽음에 순종하라
죽음을 찬양하라
멈춰라 아다지오를
쉬게 하라 노래를

노래의 슬픈 넋이
하늘로 떠납니다
구름 위 천사들이
무지갯빛 합창으로
당신을 모셔 갑니다
당신이여 쉬소서

—「쇼스타코비치의 아다지오—현악사중주 15번 작품 144에 붙여」(『물어뜯을 수도 없는 숨소리』)

34.

　달맞이꽃의 샛노란 소리. 달빛을 모으며 밤새 울음을
다듬은 여인이 젖어 붉었던 마음을 노랑으로 삼킨다. 창
백하다 못해 하얗게 떨어지는 꽃송이. 오므라든 날개를
꺾어 떨군다. 대지의 넉넉한 품새가 품어 준다. 지난봄엔
능소화, 붉다 못해 노랗게, 화장한 얼굴을 흐트러짐 없이,
몸 매무새 일그러짐 없이, 소리가 소리 속으로 걸어 들어
갔지. 그 소리가 가을이 되도록 달빛 속으로 지금껏 흐르
는 거야.

　떨어지는 소리를 두 손 모아 받든다.
　소리를 품에 안는다.
　노랗게 젖어 든다.
　아팠을까.
　숨소리.

35.

돌무지

　돌무지
　돌소리를 쌓는다.
　돌 하나하나가 소리다.

돌소리를 올려놓고 또 올린다.

돌마다 무지개소리다.
돌이 한없이 올라간다.
돌 모퉁이엔 울음이 고였다.
돌 귀퉁이엔 그리움이 핏빛이다.
돌이 무너지면 울음소리가 세상에 넘친다.
돌은 소리를 다시 불러 모아 돌소리를 쌓는다.

돌소리가 사라지면 다시 돌소리를 얹는다.
돌소리가 소리를 낳고 또 낳는다.
돌소리를 들어주소서.

돌소리를 쌓는다.
돌소리가 하늘에 닿도록 높이 올린다.
돌이 하늘 귀를 붙잡고 둥실둥실 하늘로 올라간다.

36.

강남 8학군의 제비소리.
동화책에서 들은 소리.

강남으로 밀려드는 사람 떼. 무게를 이기지 못하고 압
살되는 사람소리. 살아남은 자들이 병들어 사그라지는 소리, 사람이 사람 위에서 짓밟는 소리. 겨울 강 건너 따스한 봄비 내리던 제비의 나라 강남이 사람들의 이글거리는 눈빛에 타오르며 바짝 메말랐다. 사람들의 탐욕스런 눈동자가 우글거린다. 눈동자 모래알이 강남 사막에 폭풍으로 휘몰아친다. 하늘과 땅이 신음한다.

제비가 강남을 찾지 않은 지 오래. 서울에선 그들의 날갯짓 소리를 들을 수가 없다. 방향을 잃었나 보다. 어린 새끼들이 배고픔에 입을 벌리고 찍찍거리는 소리를 들을 수가 없다. 제비가 비껴 날아간다. 모래사막 강남에서 사람 소리를 찾을 수가 없다. 껍데기 언어로만 남은 강남. 제비는 새끼들 지저귀는 소리, 허허벌판 땅 위에서 꽃봉오리 터지는 소리, 풀잎에 맺히는 빗소리, 세월바람에 부대끼는 사람소리, 비릿한 강남소리가 그립다.

37.

11월의 비가 쏟아진다. 우렛소리와 함께 우당탕 와장창 짧고 굵게 세상을 훑으며 지나간다. 나무에서 소수점으로 분해되는 낙엽들. 젖어 들다가 자동차 바퀴에 짓이겨지는 초록의 허무.

낙엽은 본디 나뭇잎. 잎들은 삶의 규정을 거부한다. 모든 기억은 치매의 구성 요소. 낙엽이라 부르지 마라. 금방 하늘에 반달이 환하고 별빛이 반짝인다.

메탈 밴드 소리들이 나타났다 사라진다. 시대의 거대한 파도가 폭풍우처럼 흐른다. 아프게, 고통스럽게, 발광하듯이, 깊숙이 폐부를 찌르다가, 땅거죽이 뒤집어지며 화산이 폭발하고, 느닷없이 우주가 감싸듯 한없이 부드럽게 노래를 부른다. 척하는 몸가짐은 집어 치워라. 깨끗한 모양새는 부숴라. 스스로의 모순을 깨트려라. 아프도록 당신들을 꼬집어라. 올가미에서 벗어나라. 무한의 푸르른 창공이 당신을 기다린다.

거부와 반항의 몸짓들. 미친 리듬과 거친 목소리. 증폭된 기타소리, 괴기한 사운드, 가슴그늘에 숨겨졌던 사운드, 또 사운드. 바보처럼 탈피하려는가. 도망치려는가. 타협하지 마라. 차라리 죽음을.

소리야. 나를 마주 바라보라.
나도 소리야, 그대를 똑바로 쳐다보마.

그대는 응시한다. 원초의 낙원을 잃은 이후부터 늘 저만치 떨어져 쳐다보며 살아왔다. 바보처럼 그 속에 들어가지 못하고, 흐름에 맡기지 못하고, 흐름에 배를 띄우고 흐름을 바라보았다. 그대가 노래를 불러야 하지 않는가. 목이 쉬도록 외쳐야 하지 않는가. 산천초목이 그대의 부름에 맞추어 눈물을 흘리며 춤을 춰야 하지 않는가.

혼불(Pneuma)[4]

우리는 몸뚱이에 묶인 정신.
우리는 고정된 한 발로 돌아다닌다.
하지만 매여서도 발을 뻗쳐 이 몸뚱이를 넘어 혼불이 된다.

우리는 의지 그리고 놀라움, 회상하고 기억하게 되어 있는.
우리는 한 번의 숨, 한마디 말로 태어나지.
우리는 모두 하나의 불꽃, 태양이 되어 가지.

아가야, 일어나라.
아가야, 빛을 풀어라.
이제 일어나라, 아가야.
아가야, 일어나라.
아가야, 빛을 풀어라.
이제 일어나라, 아가야.
(영혼, 영혼, 영혼, 영혼)
이 몸뚱이, 이 허식, 이 가면, 이 꿈에 매여 있네.

깨어나 기억하라.
우리는 한 번의 숨, 한마디 말로 태어나지.

---

4 록 메탈 밴드 TOOL의 앨범 『Fear Inoculum』에 나오는 두 번째 곡 「Pneuma」의 가사 전문 번역.

우리는 모두 하나의 불꽃, 태양이 되어 가지.

혼불

뻗쳐 나가 넘어가네.

깨어나 기억하라.

우리는 한 번의 숨, 한마디 말.

우리는 모두 하나의 불꽃, 놀라움으로 가득 찬 눈.[5]

---

5 가사 원문: We are spirit bound to this flesh / (We) Go round one foot nailed down / (But) Bound to reach out and beyond this flesh, become Pneuma // We are will and wonder, bound to recall, remember / We are born of one breath, one word / We are all one spark, sun becoming // Child, wake up / Child, release the light / Wake up now, child / Child, wake up / Child, release the light / Wake up now, child / (Spirit, Spirit, Spirit, Spirit) / Bound to this flesh, this guise, this mask, this dream // Wake up remember / We are born of one breath, one word / We are all one spark, sun becoming // Pneuma / Reach out and beyond / Wake up remember / We are born of one breath, one word / We are all one spark, eyes full of wonder.

38-1.

툴의 「혼불」에 붙여

폐부를 뚫는 리듬
우주를 흔드는 빛소리.
한 번의 숨, 한마디 소리.
툴이 부르는 혼불을 가슴에 품는다.

만물이 태어난다.

기타 위를 가로지르는 손짓.
소리를 증폭하는 전기 흐름에 담긴 마음짓.
기계 세상에서 인간의 소리가 새로운 우주를 찾는다.

낳는다.
파도 소리.
사람 목소리.
귀뚜라미 소리.
깊은 산중에서 울려 대는 종소리.

기계를 찬양하라.
새로운 우주가 열린다.
기계가 낳는 무한한 소리세계.

추상 기계가 성층권을 맴돌며 쏟아 내는 소리.[6]

따블라의 리듬소리.
우주의 맥박이 뛰는 소리.
소리들이 적막을 깨며 짓거리를 낳는다.

기계가 기타 줄을 퉁긴다.
인간이 기계와 어깨를 나란히 한다.
음들이 기계와 악수하며 무한 변신을 한다.

기계소리.
자석 달린 기타소리.
증폭되는 사람의 목소리.
생명의 숨을 할딱거리는 따블라 소리.
자연에 울긋불긋 솟아나는 만상의 소리.

스튜디오 녹음실은 신세계.
무한하게 열려 있는 느낌이 춤을 춘다.

빛.
소리.
짓거리.

---

6 질 들뢰즈와 가타리, 『천 개의 고원』에서.

것, 것, 것들이 창조된다.

2019. 12. 4.

　TOOL의 앨범 『Fear Inoculum』을 듣는 저녁에 남해는 어둠에 함몰되었다. 시간 속에 얼굴을 잃은 그들이 말하는 것은 오로지 빛의 기억. 마냥 쓸쓸한 나이에 소리의 추억을 더듬는다. 이제 기계가 도깨비처럼 뚝딱 모든 소리를 지어낸다. 기계소리가 드디어 사람의 소리가 된 세상. 소리가 원하는 대로 소리를 따라간다.

38-2.

툴의 간주곡들에 붙여

목소리가 어둠으로 빨려 들어가면
그곳은 신천지
무한의 우주.

온갖 소리들이 태어나고,
밀려오고 사라지는
소리의 우주.

빛과 색깔이 명멸하며
소리불꽃, 생명이 뛰노는 곳.

리듬이 흐르고
목소리가 흐느낀다.

사람의 소리
기타와 드럼의 소리.
전기로 한껏 증폭되는 기계의 소리.

세계 잡동사니 소리들의 춤.
천변만변 헤아릴 수 없는
우주의 무한한 소리.

너와 나 뒤섞여
시간을 만들어 내며
강하게 숨을 쉬며 흐르는 소리.

소리들이여,
인간의 귓속을 점령하라.
새로운 세계가 환하게 펼쳐지리니,

그대여
나를 찾아 들어라.
그림자 숨소리를 붙잡고 노래하라.

2019. 12. 25.

툴의 간주곡들은 모두 인상적이다. 물리적으로 우주에는 소리가 없다. 소리가 존재할 수 없다. 대기가 없기 때문이다. 오직 빛과 색, 그리고 에너지의 흐름이 있을 뿐. 하지만 본질이 파동이라는 면에서 그것은 소리다. 음악의 지평을 소리의 우주로 한껏 넓히며 그곳에 느낌을 투사한다. 느낌이 흐른다. 寂然不動, 感而遂通이라 했던가. 소리의 느낌이 우주와 인간세계로 쏟아져 내린다.

39-1.

Lateralus[7]

어렸을 땐
검정과 하양이 전부였어.

빨강과 노랑이 나타났어.
무한의 세계가 얼굴을 드러냈어.

걷어치워라.
몸뚱이가 먼저 외쳤어.
이성의 울타리를 깨트려라.

---

7 TOOL의 앨범 『Lateralus』의 9번 트랙.

손을 뻗쳐 모두를 끌어안아라.

리듬을 느끼려는,
아름다움에 흐느끼는,
생명의 힘이 넘쳐 나는,
생명의 소용돌이에 빠져드는,
영원한 샘물에 몸을 씻으려는,

무엇보다 사람이고 싶은,
나는 나의 욕망을 온몸으로 끌어안는다.

한 걸음, 두 걸음, 세 걸음, 다섯 걸음,
다시 여덟 걸음, 열세 걸음 …… 987.
박자에 맞춰 걸어라. 숨을 쉬며.
힘을 소용돌이로 뿜어내라.[8]

지나온 너를 품어 앞으로 펼친다.
다시 안아 무한으로 되풀이하며
우주로 확산하는 걸음걸이.
소용돌이 삶이 뻗친다.

---

8 곡의 가사에서 암시되었듯이 곡을 전개하는 박자가 피보나치(Fibonacci)
수열을 따라 작곡되었다고 한다. 이 수열을 기하학적으로 배치하면 소용돌이
모양을 형성하며 무한 확대된다.

휘돌아 용솟음치며 걸어가라.
삶을 걸어라.

휘돌아 용솟음치며 숨을 뿜어라.
미지의 어둠 속, 우주를 걸어라.[9]

39-2.

10,000 days, Wings For Marie[10]

아기 울음을 좋아하는
메이나드 키난[11]

돌아가신 엄마가 보고파
아기가 불공을 드리며
염불로 노래를 바치네.

벌써부터
절간에서 범종소리가 울리고 있었어.
예수님도 그 길을 따라 걸었을 거야.
엄마도 '지각되지 않는 어느 순간'을 믿었을 거야.

---

9 노래 가사의 일부를 차용함.
10 앨범 『10,000 days』의 표제곡.
11 메탈 밴드 TOOL의 보컬 리드 싱어. 작사가.

'무한이며 열려 있는 영혼'
고향으로, 제집으로
돌아가신 엄마.
하늘이 불렀어.

엄마가 나에게 준 '이 자그마한 빛'
이 빛으로 엄마를 하늘의 길로 안내하고 싶어.

아니 '그대가 빛이요, 길이야.'
'그대 눈동자 속에 이미 들어 있어.'

가실 때
날개를 달라고 외치지 않아도
어깻죽지에서 절로 돋아났을 거야.[12]

2019. 12. 23.
긴 동짓날, 구름마저 해를 가렸다. 예수가 탄생하신 크리스마스가 내일모레. 10,000일이나 병치레하다가 돌아가신 어머니를 위해 바치는 노래가 마냥 심금을 파고든다.

39-3.

---

12 인용문은 노래 가사에서 취함.

TOOL (−) Ions[13]

우주는 까마득히 열린 어둠인데
무극이면서 태극.

태극이 꿈틀거리며 빛을 낳고
태극이 몸을 사리며 그늘을 만든다.

소리를 본디 잉태한 태극
빚어내는 빛과 그늘이 소리로 흐른다.

소리는 음양.
소리빛
소리그늘

서로 엉기더니
하늘과 땅으로 요동친다.
수·화·목·금·토를 낳는다.[14]

---

13 TOOL의 두 번째 앨범 『Ænema』에 14번째로 나오는 곡.
14 周敦頤, 『太極圖說』에서 인용. 無極而太極. 太極動而生陽; 動極而靜, 靜
而生陰. 靜極復動. 一動一靜, 互為其根. 分陰分陽, 兩儀立焉. 陽變陰合, 而
生水火木金土, 五氣順布, 四時行焉. 五行一陰陽也, 陰陽一太極也, 太極本
無極也.

거친 숨소리.

가녀린 생명들이 꼼작거리며
소리를 삼키고
소리를 내쉰다.

39-4.

TOOL Viginti Tres[15]

이미지는 소리
소리가 이미지

우주의 틈새로
새어 나오는 숨소리

소리가 찢어 내는 틈바구니
만상이 쏟아진다.

깊은 계곡을 넘어 광활한 우주로

---

15 TOOL의 네 번째 앨범 『10,000 days』의 마지막 곡. 'Viginiti tres'는 라틴
어로 '23'을 뜻함. 素數로 여러 가지 상징적인 의미를 갖는다.

소리폭풍이 몰아친다.
생김새가 생겨난다.

바다가 뒤집어지고
파도가 하늘로 부딪치는 소리
태풍이 휘몰아치며 소리를 쏟아붓는다.

방전되는 빛의 폭풍, 빛소리
튕겨 나가는 빗방울마다 소리빛

생명들이 데굴데굴 구른다.
숨소리가 거칠다.

꼬리그림자를 길게 매단 폭풍우가
숨죽여 맺히고 맺히더니,

하늘과 땅이
사람이 생겨난다.

사람의 목소리
세상을 기어 다니다가 걸음마 하는 소리.

소리
날숨소리

생것의 이미지들

억겁의 흐름 속에 만상의 숨소리

2019. 12. 16.

락 밴드 TOOL의 네 번째 앨범 『10,000 days』의 끝 곡 「Vig-inti Tres」에 붙인다. 먼동이 트며 빛 속에 바다가 얼굴을 드러내고 먼 산들이 줄을 지어 나타난다. 등대 불빛 너머 고기잡이 배들이 눈에 들어온다. 모두 어둠을 헤치고 생명의 숨소리를 들려준다.

39-5.

TOOL Invincible[16]

소리들이 차분하다.

리드 기타와 베이스가

가라앉은 리듬으로 여리게 다가선다.

한없이 무거운 현재.

지금껏 싸우며,

밀어붙이며,

---

16 록 메탈 밴드 TOOL의 앨범 『Fear Inoculum』에 나오는 네 번째 곡. 'Invin-cible'은 '無敵'이라는 뜻.

끊임없이 승리를 쟁취했다고
자랑스럽게 큰소리로 울부짖었는데.

베이스와 드럼이 한껏 무거워진다.
울음 우는 베이스.
아픈 드럼.

허상이었을까
헛된 거드름이었을까.

늙고 지친 몸.
북을 울리며 몸을 일으키지만
방패를 들 힘도 없이 주저앉는다

우주 그림자로 흐르는 검은 리듬.
무한히 반복되는 리듬.
쉽고도 간략한 리듬.
생명의 에너지가
충만한 리듬.

진정 내 삶이 겉치레였을까
아픔이 다가온다.

나는 진리를 한 번도 찾지 못했어.

거짓이었을까.
진리는 존재할까.
한 번도 만난 적이 없는데,
그래도 희망을 가져야 할까.

인간의 목소리를 옆으로 밀어 놓고
격렬하게 타오르는 리듬.
리드 기타가 노래한다.
베이스와 드럼이
하늘로 오르며
뒤받친다.

사람아. 그대여.
젖은 목소리로 노래하라.
리드 기타, 베이스, 드럼, 모두 진군하라.

희망을 가져야 할까.
아픔을 포옹하라.
시간을 느껴라.

그대, 스스로를 이겨 내라.
무적의 사나이여.

2019. 12. 25.

성탄절, 구름 한 점 없는 하늘에 미세 먼지가 시야를 흐리게 한다. 맑기만 한 인생의 하늘에 언제나 이런 먼지들이 쉴 새 없이 끼어들어 오지 않았을까. 시간이 흐르며 사라지겠지. 나의 눈이 저 멀리 수평선 너머 환한 세상, 밝게 점점이 흐르던 섬들을 기억하고 또 내일도 바라보겠지. 절망을 어둠으로 던져라. 음악이, 소리가, 우주의 리듬이, 저 푸른 바다가 넓고도 넓은 희망의 꿈을 부풀린다. 이겨 내리라. 삶의 무게를 압도하리라.

40.

아프리카 초원의 구릉에서 나와 신천지를 찾아낸 할아버지들. 아메리카를 새롭게 손에 넣은 콜럼버스. 우주를 아직도 여행하는 보이저 위성. 은하수 너머 새로운 갤럭시. 고개 들어 쳐다본들 무슨 쓸모가 있으랴.

눈을 가느다랗게 하니, 보이느니 분자-원자-양자-전자-미립자. 눈이 아프도록 자세히 바라본들 무슨 소용이 있으랴.

도깨비들은 심심풀이로 뚝딱 새로운 천지를 만들어 낸다. 인터넷 세상이다. 꿈에만 나타나던 도깨비들이 백주대낮에 거리를 활보한다. 사람들이 거리에 몰려 나가 도깨비와 장난을 친다. 도깨비한테 물으면 모르는 게 없다. 원하는 건 뭐든지 준다. 꿈인가 생시인가. 눈만 홀리는 게 아니라 귀도 홀린다. 소리로 가득한 허깨비 공간이 당신을 잡아먹는다. 그곳이 신천지다. 낙원이다. 원하는 대로 무엇이든 다 들어준다. 인터넷 도깨비들이 합창을 한다. 사람도 도깨비가 된다. 도깨비 세상 만세.

41.

　인터넷 세상, 빨강 속 흰 화살표. 유튜브. 사촌도 몰라라 하는 사람들이 새로운 이웃을 만났다. 우주의 블랙홀이 인터넷으로 이사를 왔다. 너도나도 들어가기만 하면 빠져나올 수 없는 곳. 예수님과 부처님이 현현하셨다. 키득거리며 손을 내미신다. 희희낙락, 사람들은 천당과 극락으로 자리를 옮긴다. 낮이나 밤이나 매달리게 하는 천국. 새로운 세상에 음악이 넘쳐 난다. 소리의 강물이 끝없이 흐른다. 알라딘의 램프가 당신의 손에 주어진다. 거짓과 진실이 함께 춤을 춘다. 그늘과 양지도 따지지 않는다. 멋대로, 마음대로, 내키는 대로. 위험해도 사람들은 눈이 멀어 아랑곳하지 않는다. 즐거움이 넘쳐흐른다. 천국의 세계. 아멘.

　소리들이, 음악들이 기계들과 함께 걷는다. 앞에서 인터넷이 끌어 주고, 뒤에서 유튜브가 밀어주고. 기계들이 만들어 내는 소리들이 홍수를 이루고 사람들의 목구멍으로 파고든다. 가슴이 열린다. 수줍은 가슴소리들이 기계음에 이끌려 밖으로 뛰쳐나와 미친 듯이 날뛴다. 기계가 비행기에 인공위성까지 만들어 소리들을 공중으로 날린다. 목소리가 가냘프지만 떨린다. 가슴소리, 목소리가 언제 하늘을 날아 보았던가. 기계소리. 사람소리. 소리들이 어울려 합창을 한다. 새로운 세계. 빛소리가 넘치는 세상. 아침마다 저녁마다 밤마다 유튜브가 놀러 온다. 사람들이 이웃사촌을 만나지 않은 지 오래. 친구들의 이름도 기억나지 않는다. 유튜브가 그대의 어깨를 어루만지며 위로한다. 뜨겁고 어두운 유혹이 하늘에 닿는다. ㅋㅋㅋ

42.

비비면 소리가 난다. 부대껴도 울린다. 마찰이 일어나면 불꽃이 튀긴다. 꽃불이 소리. 너와 내가 부딪쳐 품을 때 깊은 울림이 배어 나온다. 소리로 살아간다. 소리가 있어야 산다. 소리를 만든다. 목소리가 힘들어한다. 세상이 소리이더니 손가락들이 기계소리를 만든다. 소리기계에 홀리는 인간들. 풀잎피리를 불어 대더니 대나무에 구멍을 뚫어 소리를 만든다. 구멍마다 다른 소리. 세상이 온통 구멍이려니. 긁어 대도 소리가 난다. 구멍 위에 줄을 걸어 다른 줄로 긁으면 또 다른 소리. 두들겨도 울린다. 맞아 아픔이 울림이다. 아픔은 가녀리게 건반에 걸려 소리를 뿜는다.

소리가 음이 되고 기계가 음을 만든다. 기계가 노래한다. 새로운 목소리. 어두운 우주가 밝혀진다. 사람이 기계가 되고, 기계가 사람이 된다. 사람과 기계가 어깨동무를 하며 노래를 부른다. 새로운 음들이 쌓여, 음들이 가지런히 줄을 서서 또 다른 음들을 낳는다. 낳고 또 낳는다. 생명이려니. 소리가 음들이 빛으로 생명으로 펄떡인다.

43.

비어야 소리가 산다.
텅 빈 곳에 소리가 숨는다.
어두운 동굴에 소리가 수만 년 겨울잠을 잔다.

어둠을 건드리면 흔들린다.
빈 곳을 두들기면 소리가 답한다.
동굴에 구멍을 뚫으면 소리가 빛을 찾는다.

그대, 가슴이
텅 비어 어두워지고
그리움에 동굴이 젖어 있을 때

소리가 깨어나 손을 내민다.
소리빛이 웃는다.
숨소리도 소리.

하늘과 땅이
모두 소리.

오늘도 가슴을 비운다.
비어야 소리가 산다.

44.

　광화문 광장에 머리를 질끈 동여맨 소리가 빌딩을 이루고 대로를 질주하고 있다. 노래가 될 수 없는 저 소리들이 공중을 허물고 어둠을 부른다. 빛을 내놓으라고 외쳐 대는 소리들. 소리가 빛인데도 저들은 빛을 뒤쫓고 있다. 빛을 가진 자들이 빛을 뒤뜰의 조그만 가슴에 쌓아 놓고서도 또 빛을 찾는다. 그대의 빛을 먼저 활짝 열어라. 빛을 흐르게 그냥 놓아두어라.

　붉은 머리띠 소리가, 언제나 허기져 있는 소리들이 미친 듯이 깃발을 나부낀다. 바람이 없으면 깃발을 흔들어라. 배를 채울 수 없는 저 소리들. 음이 되어야 헛배라도 부를 듯. 깃발에 도레미파솔라시도 음들을 얹어라. 음을 껴안아라. 노래를 하라. 노래의 흐름에 깃발을 천천히 박자를 맞추어 율동 있게 흔들어라. 깃발에서 빛이 솟구치리.

그대는 어둠이 깃드는 광장에서 홀로 노래를 부른다. My Heart Will Go On.[17] 폭풍이 몰아치는 난파선 위에서도 사랑을 노래하리. 노랫소리가 음이 되고 음이 빛이 되리. 광장을 걸어가는 그대들을 적시리. 어둠을 두 손으로 밀쳐 내며 아프게 당신의 얼굴을 쓰다듬으리.

---

17 영화 「타이타닉」의 사랑의 주제곡.

태양이 이글거리는 대낮의

정수리 한가운데

섬돌 위로

그림자도 떨치고

일정한 간격으로

쉬지 않고

물방울이

치열하게

촛불을 밝히다가

파도로 부서지는 소리

─「견디기 힘든 소리」(『새끼 붕어가 죽은 어느 추운 날』)

45.

소리가 네발짐승의 대가리를 통과하며 신호가 된다.
소리가 두발짐승의 골통을 때리며 기호가 된다.
소리가 두 발 인간의 머리를 거쳐 말이 된다.

말소리는 소리가 낳은 자식이지만
애비는 자식소리를 못 듣는다.
말은 축복받은 비극.
노래하라.

우주소리는 흐를 뿐.
무형
무념
무심
무음
본디 힘으로
본디 있음으로
시간과 공간을 채우며 지나갈 뿐.

힘의 흐름은 느낌.
느낌이 소리를 만든다.

우주를 흐르는 느낌소리.

느낌 속에 세계가 만들어지는 소리.
세계 속에 인간이 낳고 낳으며 살아가는 소리.
소리가 말이 되고 가슴을 흐르면서 노래가 태어난다.

46.

소리가 흘러들어 바다를 이룬다. 소리들이 쌓이고 쌓여
빚어내는 바다. 바닷물 방울방울 물방울이 소리. 흐르는
소리가 물결을 타며 파동을 껴안는다. 파동이 춤을 춘다.
만물이 율동에 몸을 움직이며 흐느적거린다. 출렁거리며
무한으로 되풀이되는 춤새. 율파, 그대여, 숨을 쉬는구나.

율파는 소리.
생명이 꿈틀거리는 소리.

소리는 소리 내어 운다.
삼엽충이 인간이 되기까지 율파는 한없이 울었다.
당신은 바닷가에 웅크리고 앉아 삼엽충의 울음을 듣
는다.

울음이 들릴 때,
당신도 저무는 해에
붉게 물이 들며 사라진다.

거센 풍랑에도
화산이 폭발해도
용암이 대지를 태워도
빙하가 무너지며 사라질 때도
비바람이 하늘을 맹렬하게 찢어도
천둥 번개가 고목을 땅바닥에 눕게 해도

소리는 율동
몸을 추스른다.
가지런하게 손짓 발짓으로
이웃을 불러 함께 소리춤을 춘다.

율파는 소리
생명이 춤추는 소리.
만물이 태어나며 울음을 터뜨린다.

사람들이 울음으로 듣는 것은
귓속에 울음이 고여 있기 때문이다.
하늘과 땅이 울음으로 넘쳐 강물을 이룬다.

47.

밝은 대낮
그림자가 햇빛을 따라다닌다.

지친 사랑에
그늘로 찾아들더니
몸을 눕힌다.
사라진다.

디도의 탄식이,[18]
제시 노만[19]의 목소리가,
아름다운 음이 스러지고 있다.

48.

벽에 걸린 그림

벽에 걸린 그림은 말을 하고 싶다. 소리를 낼 수 있을까. 벽에, 못이 박힌 이 가슴에 음이 생겨날 틈새가 있을까. 소리 한번 질러 보았으면. 멋진 음으로 노래라도 불러 보았으면. 벽이 부서지고, 건물이 무너져 내가 갈기갈기 찢기더라도 소리 한번 내어 보았으면.

나를 쳐다보는 눈길에 미소가 아니라 사랑을 고백하고

---

18 헨리 퍼셀(1659-1695)의 오페라 「디도와 아이네스」의 제3막에 나오는 아리아.
19 Jessye Norman(1945-2019): 미국의 소프라노 가수.

싶다. 시끄러운 관객들이 지나갈 때 그들의 손목을 부여잡고 품 안으로 끌어들이고 싶다. 헐떡이는 숨소리를 듣고 싶다. 아니라면 새파랗게 타오르는 증오의 고통소리를 전하고 싶다. 미쳐서 날뛰는 소리를 들어 다오. 수백 년 억눌려 살아온 이 침묵을 소리로, 고함으로 내지르고 싶다.

박물관의 그림들은 움직이고 싶다. 지금껏 살아왔는데 밖으로 나들이가 허용되지 않는다. 다칠세라, 나를 유리관 속에 가두는 것이 지겹다. 무섭다. 움직이고 싶다. 끔찍해라. 수백, 수천 년 세월이 흘러왔는데, 그 흐름에 맞춰 숨을 쉬며 살아왔는데, 그대들은 우리를 미라로 만들고 있다. 박제하지 마라.

미술관의 반 고흐 초상화. 귀를 잘라 붕대를 감은 얼굴. 렘브란트의 무덤덤한 얼굴들. 박물관에 걸린 할아버지들의 초상화. 제사상 위에 걸린 사진들. 더 이상 향불을 피우지 마라. 차라리 태워 다오. 이글거리는 불꽃이 그립다. 얼굴들이, 그림들이 모여 함성을 지른다. 시간은 흐르는데 우리를 멈추게 하지 마라. 그대 가슴속 시뻘건 불꽃이 흐르는 것처럼 우리에게도 피가 돌고 심장이 뛰며 숨을 쉬고 있다. 우리를 풀어 움직이게 하라.

만나고 싶다. 이야기하고 싶다. 소리라도 질러 볼까. 수백 년 참고 참은 소리가 부풀어 올라 서울의 앞동산 남산을 뒤덮고, 한강을 뒤집어 놓는다.

그림들이 영화가 된다. 필름이 돌아가고 있다. 움직인다. 소리가 솟는다.「동사서독」, 바람처럼 칼이 빛을 내고, 붉은 피가 흐른다. 칼 부딪치는 소리, 신음소리가 사막의 노란 모래 둔덕으로 메아리가 되어 맴돈다. 화려한 모순이, 하늘과 땅, 창과 방패가 가슴속 모래 폭풍으로 덮친다.

과거를 묻지 마라. 과거가 알록달록 무지개 색으로 현재에 침투해 총천연색 영화를 돌린다. 기억의 그림들을 움직이게 하라. 그들이 쳐들어온다. 현재는 언제나 파노라마. 불꽃이 타오른다.

49.

어머니의 옥수수

어머니의 가지런하게 흰 이가 환하게 미소를 짓는다. 알알이 박힌 옥수수 알갱이들이 나란히 손을 잡는다. 수염은 벌써 하얗게 탈색되었다. 하얀 이가 옥수수를 뜯는다. 이야기들이 떨어진다. 소리들이 입안에서 씹혀 목구멍으로 넘어간다. 소리는 판소리. 쑥대머리 사랑의 노래가 온몸을 파고든다.

시골 노랫소리. 밥 딜런의 하모니카 소리. 햇볕에 뜨겁게 익어 가는 소리. 바짝 마를수록 오래 살아가는 소리. 엄마와 함께 뜯어먹던 알갱이 소리.

옥수수와 마주하고
옥수수를 찜솥에서 아프게 하고
옥수수가 부르는 어머니의 노래를 삼킨다.
옥수수 대궁은 붉은 피가 맺힐수록 한층 달았다.

50.

소리의 삶

소리는 혼자 살지 않는다.
소리는 홀로 땅을 디딜 수 없다.
소리가 소리 안팎으로 소리에 얹혀 소리가 된다.

소리들이 모이면 이야기가 되고
소리들이 소리를 밀어주면 외침이 되고
소리들이 강강술래를 추면 달빛 아래 함성이 된다.

웅성거려야 소리다.
외톨이 소리는 귀를 울리지 못한다.
나그네소리는 객줏집을 찾지 못해 떠돈다.

만나서,
손을 잡고,
품에 안아 소리다.
소리가 소리를 찾는다.

장자의 소리 듣기

남곽자기가 안석에 기대어 앉아서 하늘을 우러러 긴 숨을 내뿜고 있는데, 멍한 것이 그 자신조차도 잃고 있는 듯했다. 안성자유가 그 앞에서 시중을 들고 있다가 말했다. 어째서 그러고 계십니까? 몸은 본시부터 마른 나무처럼 만들 수가 있는 것입니까? 마음은 본시부터 불 꺼진 재처럼 만들 수가 있는 것입니까? 오늘 안석에 기대고 계신 모습은 전날 안석에 기대고 계셨던 모습과 다릅니다. 자기가 말했다. 언아, 질문 참 잘했다. 지금 내가 나 자신을 잃고 있는 것을 너는 알았느냐? 너는 사람들의 피리소리는 들었겠지만 땅의 피리소리는 듣지 못했을 것이다. 네가 땅의 피리소리를 들었다 하더라도 하늘의 피리소리는 듣지 못했을 것이다.

자유가 말했다. 감히 그 도리를 여쭙고자 합니다.

자기가 말했다. 대지가 기운을 내뿜는 것을 바람이라 한다. 이것이 일어나지 않으면 그뿐이지만 일어나기만 하면 모든 구멍이 성난 듯 울부짖는다. 그대만이 그 씽씽 부는 소리를 듣지 못하겠는가? 산 숲의 술렁거림과 백 아름 되는 큰 나무의 구멍들이 코와도 같고 입과도 같고 귀와도 같으며, 목이 긴 병과도 같고 술잔과도 같고, 절구통과도 같고, 깊은 웅덩이 같은 놈에 얕은 웅덩이 같은 놈도 있는데, 물 흐르는 소리, 화살 나는 소리, 꾸짖는 소리, 바람 들이마시는 소리, 외치는 소리, 아우성치는 소리, 둔하게 울리는 소리, 맑게 울리는 소리를 낸다. 앞의 것들이 우우 하고 소리를 내면 뒤따르는 것들도 오오 하고 소리를 낸다. 소슬바람에는 작은 소리로 和唱하고 회오리바람에는 큰 소리로 화창한다. 사나운 바람이

자면 모든 구멍들은 텅 비게 되는데, 그대만이 살랑살랑 펄렁펄렁 거리는 것을 보지 못했는가?

자유가 말했다. 땅의 피리는 수많은 구멍일 뿐이군요. 사람의 피리는 나란히 붙여 놓은 대나무관일 뿐입니다. 감히 하늘의 피리에 대해 여쭙습니다. 자기가 말했다. 부는 소리가 만 가지라도 같은 것이 없는데 그것들이 절로 그럴 뿐이게 하고, 그것들이 절로 그렇게 취해 다 갖추도록 하니, 그 성난 듯 울부짖는 자, 그는 누구인가?[20]

---

20 『莊子』「齊物論」. 南郭子綦隱機而坐, 仰天而噓, 嗒焉似喪其耦. 顏成子游立侍乎前, 曰: 何居乎? 形固可使如槁木, 而心固可使如死灰乎? 今之隱機者, 非昔之隱機者也? 子綦曰: 偃, 不亦善乎而問之也! 今者吾喪我, 汝知之乎? 女聞人籟而未聞地籟, 女聞地籟而不聞天籟夫? 子游曰: 敢問其方. 子綦曰: 夫大塊噫氣, 其名爲風. 是唯無作, 作則萬竅窺怒呺. 而獨不聞之翏翏乎? 山陵之畏佳, 大木百圍之竅穴, 似鼻, 似口, 似耳, 似枅, 似圈, 似臼, 似洼者, 似汚者, 激者, 謞者, 叱者, 吸者, 叫者, 譹者, 宎者, 咬者. 前者唱于而隨者唱喁. 冷風則小和, 飄風則大和, 厲風濟則衆竅爲虛. 而獨不見之調調之刁刁乎? 子游曰: 地籟則衆竅是已, 人籟則比竹是已. 敢問天籟. 子綦曰: 夫天籟者, 吹萬不同, 而使其自己也, 咸其自取, 怒者其誰邪! 김학주 역, 마지막 단락은 필자 역.

96

51.

덩의 노래

덩덩 덩더꿍, 덩덩 덩더꿍.
덩의 소리가 노래를 부른다.
덩더꿍, 신 내린 무당이 춤을 춘다.
덩어리소리는 낯가림 없이 모든 소리를 반긴다.

덩치소리는 몸집이 무겁고 크다.
덩이덩이소리는 잡동사니로 떠든다.
덩이소리는 뭉텅뭉텅 몸짓으로 뜀박질한다.

덩굴소리는 생명소리,
덩덩덩 산천초목이 숨 쉬는 소리.
덩그르 데굴데굴 수억 년 흘러내리는 소리,

덩덩한 소리는 멍하고 어리둥절한 소리.
덩둘한 소리는 한낮 멍청하게 하품을 한다.

덩치소리는 덩지소리.
덩치몸집이 힘으로 넘쳐 난다. 소리를 질러라.

52.

소리는 색과 빛으로 남매를 낳는다. 남자아이는 색, 여자아이는 빛. 마음 내키면 서로 얼굴을 바꾼다. 여자아이가 색, 남자아이가 빛. 아이들의 할매, 할배가 모두 빛이요, 색이었다. 하늘을 떠도는 할매, 할배. 伏羲와 女媧. 그들이 서로의 꼬리를 비비 꼬아 감을 때, 번개가 치고 소리가 태어났다. 번개가 어둠을 가를 때마다 세상은 색으로 빛났다. 소리가 몸을 추스를 때마다 파동이 일어난다. 파동이 춤을 추며 율파로 몸단장을 한다. 사랑이 솟아나고 색과 빛이 어우러진다. 색의 춤사위는 빨강·주황·노랑·초록·파랑·남색·보라. 소리빛 무지개가 하늘에 걸린다. 빛의 춤사위는 어둠의 숨바꼭질. 어둠이 숨을 때마다 빛깔소리가 춤을 춘다.

53.

소리꽃

소리가 꽃
세상이 꽃이라는데
빛이 있어 소리꽃이로다

밤바다
아른거리는 등불들이

빛소리로 다가와 꽃불로 헤젓는다

만법이 소리인데
빛꽃이 복음으로 환한데
보살님 원음이 연꽃빛으로 밝고
소리빛꽃이 꽃빛소리로 마주 잡는다

빛이
소리가
꽃이로다

54.

에디트 피아프의 사랑의 송가

남해 앞바다는
그리움의 블랙홀

사랑은 여전히 젖어 있는데,

어제 내린 빗방울은
커다란 눈망울로
오늘도 촉촉이 다가왔다

어디에 있을까
난 껴안고 싶은데
두터운 입술에 키스를,
사랑하면 안 될까

몽유병 환자가
흰옷의 파도를 벗어던지고
알몸으로 바다에서 뛰어놀고 있다

백 년 후
내 귀에 고인 목소리가
그림자를 깨트리며
바다로 다가가 사랑을 품는다

L'hymne à l'amour!

2017. 8. 15.

55.

아침빛살

좋은 아침입니다
눈부신 순간들이 깨어지고 있다

입안 가득히 상추쌈의 뒷맛을 떠올리면서

아내와 얼굴을 마주치며 빛살에 풍덩
씽긋 미소가 눈부시다
환하다

이 나이에
빛이 산화하는 순간에
무엇을 더 말할 수 있을까

이미 다 겪은 거라고
누구나 다 그렇게 살았다고
안간힘에 숨 쉬며 버티고 있다고……

말 못 하고
부끄러운 이 늙은 조용함이
뒷전 상추밭에 버려진 현재들을 주우면서

빛소리로
바흐를 들을까
성금연의 긴 산조가락을 들을까
빌라야트 칸의 시타르로 라가를 청할까

바다는 벌써부터 붉은빛을 삼키고

은파로 산산이 부서지며 노래를 부르고 있다

2019. 5. 14.
아침의 태양이 구름을 뚫고 바다에 붉은 기둥을 늘어뜨리고
있다. 그 붉음 안에 파도가 넘실거린다.

56.

Dagar[21] 형제의 Dhrupad[22]
—Raga Malkauns를 들으며

소리에
귀가 열립니다
온몸이 현으로 울립니다
어둠에 울어야만 했던 소쩍새도 들을 겝니다

아침이
이 삶이
이 순간이
빛이 납니다

---

21 인도의 전통음악을 계승하고 있는 유명한 음악 가문들 중의 하나.
22 두루팟은 인도의 오래된 전통음악 형식 중의 하나.

낙엽을 밟으며
어둠의 길을 찾는 물음에
천둥 벼락으로 답하신
그대
전능하신 자여

그냥 듣고 있습니다
그냥 한없이 적셔 들어
기쁨을 새가슴에 담습니다

붙들고 싶습니다
벌써 떠나려 하십니까
밤새 피울음을 토한 소쩍새도
당신을 따라 윤회에서 벗어날 수 있겠습니까

2019. 5. 24.

벌써부터 폭염주의보다. 바닷가 이곳은 기온의 차이로 바람
이 세차게 산등성이를 타오른다. 창가에 바람이 부서지며 쇳소
리가 가득 걸린다. 바람의 아픈 소리 사이로 아침 한나절, 온통
인도 음악의 흐름에 마음을 달래며 허우적거리다.

57.

건망증

햇살은
깨어져야 빛이 났다

온몸으로
발이 부르트도록
땅을 헤젓고 파헤치다가
발돋움하며 하늘에서 빛을 찾았던 그대

달빛이
곧추세운 허리
꺾이는 이슬에 맺혀
검은 산등성이에 걸릴 때

살이
기억이

시간의 축축한 반죽이
손안에서 사라지고 있다

보살의
소리빛이
환하게 웃는다

2019. 6. 3.

어제 지인들과 하루 내내 웃고 떠들며 즐거운 시간을 보내다. 아침부터 그림자가 스멀스멀 기어 나오더니 창밖에는 미세먼지가 바다를 덮다. 저게 건망증이려니……. 치매의 조짐일까. 늙어 가며 새삼스레 건망증이 한층 깊어짐을 뼈저리게 느끼다.

58.

시간이 걸어간다

시간이 걸어간다.
시간이 온갖 물음을 뒤집어쓰고 걸어간다.
시간은 인간이 물음을 던질 때만 시간이 된다.

시간이 물음을,
시간이 시간을 받아들인다.
부르는 것이 아니라 읊조린다.
받아들일 때마다 노래가 분출한다.

시간이 걸어간다.
다가옴이다.
멈출까.

삶과 죽음이 함께

시간의 배를 타고 노 젓는,
망망대해를 헤매는 그대는 시간이다.

시간 속에
어둠이 빙하의 불꽃으로 빛난다.
결빙의 역사를 끌어안고 시간이 걸어간다.

시간이 올라간다.
높아질수록 무겁고 허전하다.
사다리를 쌓으며 하나씩 올라간다.
무너지리라는 생각은 애초에 존재하지 않는다.

시간은 그대를 염두에 두지 않는다.
시간은 생각하지 않는다.
시간은 시간만으로
살아간다.

59.

돌아보고 또 되돌아본다.
되돌아보고 또 돌아본다.
앞을 보다가 되돌아본다.
되돌아보며 또 앞을 본다.

무게가 느껴지지 않는,
면적을 차지하지 않는,
부피로 공간을 채우지 않는,
점.
현재가,
점 하나가……

고개를 돌리면
다가서는 거대한 덩어리.
기억의 산들이 오르페우스의 기타를 연주한다.

보일 듯 말 듯 하면서도
고개를 붙드는 영상들.
에우리디케,
그림자.

앞으로는
하얗게 날갯짓으로 흐르는 허상들,

뒤로는
어둠 속에 익사하는 이야기들.

점은 무한의 꼬리를
그림자로 잡고,

앞을 보고,

되돌아보고
뒷그림자 돌아보고
또 본다. 본다. 본다.

60.

되풀이하는 삶의 노래들

미조도, 팥섬, 우도, 마안도, 두미도,
멀리 추도, 미륵도
아득히 거제도
떼섬들
도, 도, 도……

섬들이 어둠에 사라지며
검은 노래를 한다.
무조음악이다.

미조 포구 등대는 밤마다 푸른 등불을 되풀이하며 노
래한다.
깜박일 때마다 짙푸른 사랑의 기억이 되풀이로 솟아
난다.

필립 글라스의 「에튀드 6번」이 음들을 되풀이한다.
되풀이, 되풀이, 또 되풀이, 생명의 거친 숨소리.
되풀이로 사라지는 삶의 소리들.
되풀이의 무리 사이로
비죽 그대의 얼굴,
늙은 얼굴소리.
환하다.

마르신 바실레프스키 트리오가 그대를 반긴다. 손을 내
민다. 따스하다. 밤바다가 소리를 타고 당신 가슴에서 천
천히 하얀 파도를 일으킨다. 빌 에반스 트리오는 부드러
우면서도 아팠었지. 아득한 옛날이어서 그랬을까. 앨범
『You Must Believe in Spring』은 겨울 바다에서 부서지
는 파도소리. 베이스 현들은 들먹이는 피아노의 어깨를 한
없이 도닥였지. 봄이 다시 찾아옴을 믿었을까. 사랑을 밤
바다에 묻으며 울었을 거야. 소리가, 음들이 바다가 된 거
야. 세월이 흘러 바실레프스키 앨범 『January』가 겨울의
바다비늘을 살며시 하나하나 음으로 벗겨 낸다. 속살을 드
러낸 밤바다에 멸치잡이 배, 점점이 등불들이 긴소리로 호
흡하며 어두운 삶을 밝히고 있다. 되풀이되는 삶의 소리
들. 아프도록 환하다.

61.

미조 바다가 일출을 견뎌 내다

육십 년 한 갑자
사그라지는 불꽃을
두 손으로 움켜잡는다

데이면 좋겠다
고름이 흐를 만큼
터지고 찢기면 좋겠다

이 붉은 아침에
성금연의 자진모리 휘모리
한 갑자 더 흐르면 좋으련만

푸른 바다
가야금 열두 줄이 달궈져
은빛 파편으로 갈가리 찢기다

몸통 숨겨
눈 가리게 하고
소리만을 들려주는 불덩이

저녁 어스름 지나
진양조 그 걸음으로

한 갑자 더 살았으면 좋겠다

2019. 5. 7.

은빛으로 뜨겁게 부서지는 아침 바다를 바라보며 갑작스레 성금연의 가야금산조를 듣다. 정갈한 한복에 늙어도 고운 자태가 음으로 환하게 빛을 발한다. 먼 기억의 불꽃들이 사그라지지 않고 조용히 다가선다.

웃다가 미친다

미치도록 웃는다

히히

끼룩끼룩

그러다가

탁

멈추는 정적

멋쩍음

다시 회돌아 때리는

까르르

소나기 빗방울 소리

깔깔대며

눈물이 나도록 웃다가

배가 아프도록 훗훗대다가

허리가 굽어지고

늙은이가 되어서

탁

제자리로 돌아서는

그 쓸쓸함

—「웃음」(『새끼 붕어가 죽은 어느 추운 날』)

62.

말러 9번을 듣는 아침에

불에 덴 지구,
염천의 일요일 아침, 적막이 차갑다
말러 9번이 에어컨에서 나온다.

교회, 성당, 절간에서,
아궁이와 굴뚝이 사라진 아파트 구석에서도
예를 갖는 시간일 터.
주 예수 하느님, 부처님, 하늘이여,
오, 신명이시여.
저희를 불쌍히 여기옵고 우리를 구해 주소서.

일 악장부터
우주를 온통 가득 채운 거대한 슬픔이 흐른다.
우주 생명은 大仁不仁.
왁자지껄 무한 공간을 하프의 여린 소리가 관통한다.
낙엽에 맺혀 떨어지는 물방울들,
뭇 중생의 소리에 풀잎 한 포기 한 줄기가 몸을 떤다.
우주의 흐름에 가녀린 하나하나의 노래들,
미어지도록 몰려오는 파도의 하얀 잔해.
흐름 속에 천천히 떠내려가는 너와 나,

뭇 삶들의 가련하고도 애절한 소리들.

바보, 천치, 멍텅구리 말러!
그렇게도 몰랐던가.
노래는 왜 부를까?
미치도록 힐난하고 싶다.
멍청이, 맹추, 얼간이,
그래도,
그래도,
나도 슬픔이 메인다.

어처구니들아.
웃어라.
처마 맨 끝에는 현장 법사가 웅크리고 앉아 있다.
그는 아래를 내려다보며 울고 있을까.
지붕 밑 세상을 끌어안고 있을까.
여섯 바라밀은 텍스트의 강일까.
모순의 스케르초가 격렬하다.
웃을 수가 없다.
어처구니들의 합창이 2악장 3악장으로 흘러간다.

현들이 울부짖고 있다.
4악장은 제정신으로 노래하는 것일까?
가만히 있기나 하지.

무엇을 어떻게 하라고?
현들이 상승한다.
사다리를 타고 올라간다. 아프게 올라간다.
높은 곳에서 급락하는 비통의 날갯소리들,
이카로스의 추락은 영원한 되풀이,
흐름 속에, 흐름 속에,
뭇 삶들이 백조의 노래를 부른다.

당신일까, 말러일까, 돌멩이 하나일까?
윤이상의 오보에 사중주?
오도 가도 못 하고 멈춰 눈물만 흘린 강,
말러도 피안의 강을 건너지 못하고 떠내려간다.
무엇이 있어 그리 연연하는가.
왜 머뭇거리는가.
돌아다보며 멈칫거려야 하는가.
끝내 사라지는구나.
붉게 뜨겁게 타오르던 장작더미 아래서
이제 스러져 가는구나.
다시 타오르고, 자지러지다가 불씨가 또 피어오르고,
하얀 잿더미 아래서 또 바람 불어 불씨가 살아나고,
마침내 사라져야 하는, 먼 곳으로 사라져 가고 있는⋯⋯

2018. 5. 12.

63.

이름은 소리

이름은 기호가 아니다. 이름은 불러야 이름이다. 이름은 소리. 소리를 내어 이름이 드러나야 이름이다. 그대도 불려야, 그대라고 누군가 불러야 그대다. 그대는 소리, 저 것도 이것도 소리, 나도 소리. 소리가 소리를 부른다. 이름이 이름을 부른다. 이름끼리 어울려 산다. 우주 만물이 이름이다. 이름은 기억 속에 살기도 한다. 이름이 꺼내질 때 소리가 난다. 기억의 심연에서, 소리의 소용돌이에서, 누군가 이름을 소리 내어 불러 주어야 기억은 얼굴을 보여준다. 이름들이 만난다. 서로 손을 건넨다. 껴안을 때마다, 부딪칠 때마다 소리가 커진다. 이름들이 모이면 웅성거린다. 소리들이 서로 포옹하며 뭉치소리를 구성한다. 소리 덩어리가 수채화 그림 한 폭이다. 이름들이 흐른다. 소리 뭉치가 움직인다. 몸이 들썩인다. 춤을 춘다. 눈에 보이는 온갖 만상들이 피아노 위에서 춤을 춘다. 불리는 이름들이 건반을 두드릴 때마다 몸짓소리로 우주를 색칠한다. 이름들이, 춤사위는 언제나 울긋불긋하다. 이름을 사랑하라. 소리쳐 불러라. 그대, 소리로 흐르며 소리꽃을 피우려니.

64.

찢기는 소리

소리가 찢긴다.
찢기니까 소리이지.
찢긴 틈새로 아픔이 번진다.

함성은 소리뭉치.
아우성은 내지르는 소리덩어리.
그대 혼자만의 소리가 들리지 않을 때
그대 소리뭉치를 휘젓는다. 아프도록 찢는다.

물살이 바위에 깨어지며 여울소리.
물결이 흰머리로 부서지며 파도가 울고
찢긴 물방울이 허공에서 소리울음을 운다.

문풍지 소리는 창호지가 몸을 떠는 게 아니라
바람이 쉴 곳 찾아 문을 두드리는 소리.
밤새 헤맨 고통을 녹이려는 소리.

등불이 흔들리며 불빛이 바람에 찢긴다.
사랑이 멈칫멈칫 마음이 깨어지고 있다.

사랑은 소리덩이
등불은 소리뭉치

소리가 휘돌며 소용돌이친다.
부서지는 소리덩이가 산천초목을 울린다.

65.

허튼소리

헛소리.
허튼 미친 소리.
귀신이 씻나락 까먹는 소리.
들판의 콩깍지 절로 터지는 소리.
새벽어둠에 찬 서리 세차게 맺히는 소리.

허튼소리
노랫소리.
숨소리.

오늘도 소리알갱이를 아프게 줍는다.

66.

태풍의 밤바다

울부짖음을

삭혀야만······

그랬을까
미칠까 봐, 돌아 버릴 것 같아서,

데프톤즈의 '고어'마저 숨을 죽이는
불협화음의 생성과 소멸

먼 소싯적부터
죽는 날을 품어 지금껏
돌덩이를 게걸스레 삼켰나 봐

토해 내기에는 늦었어
소용돌이 태풍으로 자폭하는 거야

돌, 돌, 돌
돌비, 돌빛, 돌바람에······

끝이 없는 파멸
바다는 미쳐 날뛰며
모든 기억을 검게 지우다

아프다
여명은 먼 소식

헤어진 그리움마저 갈기갈기 찢기다

휘돌아 때리는 바람소리
우주를 흔드는 초신성의 폭발소리
밤새 새하얀 외침에서 떨어지는 마른 비늘소리

검은 낭떠러지
매달려 있는 그대

지붕부터 발끝까지
떨고 있는 풀잎 둥우리
언제나 젖어 드는 새가슴이었지

창을 흘러내리는
검은 회돌이 빗방울들
나락으로 떨어지는 경련에 희번득하다

가슴바다에는
심연의 진흙이 솟구치며
의식의 빙하를 까맣도록 부셔 대고 있다

그렇구나,
하얗구나……
그렇구나,

새까맣구나……

2018. 10. 6. 새벽.

태풍 콩레이가 남해를 덮치고 있다. 난생처음으로 무서운 비
바람소리를 듣다. 집이 무너지고 온 창문이 깨어질 것 같다. 짙
은 어둠 속에 나무들이, 나무들이 걱정된다.

67.

봄에 듣는 데프톤즈

언어들의 미세 먼지가
안개로 하얗게 둔갑한 날

섬들이 지워지고 푸른 바다가 물음표로 둥둥 떠다닐 때
한낮 대낮 민낯으로 흰빛 속에 소쩍새가 노래한다
봄밤을 찢어라 생식을 거부하라 멍하게
울음을 잊은 지 오래다

Deftones

움켜쥘걸
시간을 부숴라
그냥 귓속으로 삼켜 버릴걸

시간을 밀치고 눈동자에서 깨어지는 현재
破하고 波하고 破鬪를 놓는 波浪은 속으로 시퍼렇다

밤과 낮 사이
기억을 갈기갈기 찢으며
횡으로 주름을 그어 대는 파도의 무리들
목이 쉬어 사라지는 파동으로 세상을 흔든다

오월의 싱그러운 아침에
찔레와 아카시아는 하얗게 울었다
초록에 반항하며 흰옷에 피를 흘리면서,
사각형의 반듯한 세계에서 키득거리는 너희들의 시선을
죽어 있어 아무것도 듣지 못하는 그대들의 새까만 귓
부리에,

부정형의
나는 나일까
황봉구는 기록한다

칠흑의 밤
순수의 검정에서 탈출해서
회색의 날개를 하늘로 펼치고
빛으로 뛰어드는 소쩍새의 무리들
하얗게 울어 대는 꽃무리를 향해 붉은 노래를 토한다

如是我聞

Tone Deaf

파도는 無明의 춤짓

바다는 인연의 그림이 펼쳐지는 하얀 캔버스

오월의 아침에 하얀 울음과 검은 침묵이 화면을 메운다

2019. 5. 13.

창밖으로 미세 먼지 속에 바다의 푸른빛과 섬들이 모두 사라지다. 찔레와 아카시아의 흰빛이 시선을 붙잡는데 때아닌 시각에 소쩍새가 울음을 토한다. 데프톤즈의『Around the Fur』를 듣다.

68.

대낮에 데프톤즈를 듣다가

—태풍 콩레이를 기억하며

녀석들이 몰아치던 밤

칠흑을 벗겨 내며 희번덕거리는

미치광이 벌거숭이 떼들

역류하는

빗방울의 군단들
바람의 머리채를 휘어잡고
땅에서 하늘로 치솟았다

힘 부쳐 고개가 꺾이면
회오리로 돌아 버리고
외침들은 소용돌이 되어
너를 때리고 나를 부쉈다

역진행은
블랙홀의 깔때기로 빨려 들고
어둠에 사라지는 모습이 서러워
끝내 울음방울을 모두 태웠다

역진화[23]는
빛을 삼켜
언제나 말씀이어서
너의 그늘 밑에 숨어
시퍼런 눈동자에 불을 붙였다

유리창이
가슴을 조이며 울어 대던 밤

---

23 장석원의 시집 『역진화의 시작』에서.

소리말씀은 칠흑을 흰자위로 짓이기고

영원한 잠을
겁탈당한 채
뜬눈으로 삶을 지새우는 너

살았을까
살아 있는 나는 토끼눈에
온몸이 뜨거운 핏물로 사시나무처럼 떨었다

2018. 10. 23.

오후 삼천포에서 자동차 타이어를 갈아 끼우기 위해 멍하니
기다리며 데프톤즈를 듣다가 지난 태풍 콩레이가 몰아치던 밤을
떠올리다. 빛이 충만한 대낮에, 데프톤즈, 태풍과 미친 폭풍우,
휑한 가슴 안에 소용돌이로 벌떡 소리 지르는 벌거숭이 마음이
하나가 되어 나도 모르게 얼른 메모를 하다.

69.

이무기의 노래

황하 협곡의 싯누런 소리, 가파른 소리의 절벽을 이무
기가 타오른다. 용이 되리라. 하늘로 날아올라 황금빛 용
이 되리라. 일흔이 넘도록 땅을 기어 다닌 늙은 누렁이. 거

대한 강줄기가 암벽을 타고 떨어지는 거친 소리만이 우주를 뒤덮고 있는데, 지친 몸으로, 시들어 쉰 소리만 내는 그대, 조그만 목소리로 어떻게 하늘로 솟을 수 있을까. 온통 대지를 깎아내리며 시뻘건 흙탕물로 흐르는 소리. 풀 한 포기 보이지 않는 황량한 벌판에 하늘과 땅을 가로지르는 소리. 어릴 적 종달새 지저귀던 풀숲에서 새가슴 맑은 노래를 부르던 그대. 소리가 소리를 삼키는데, 세상을 뒤덮고, 시간까지 휘어잡는데, 그대 가냘픈 소리, 어떻게 그대 얼굴을 보여 줄 수 있을까. 어깻죽지에 피 흘리도록 돋아난 늙은 날개로 소리뭉치를 부수고 날아오를 수 있을까.

70.

한강의 두물머리. 남과 북이 만나는 소리. 손을 잡는 게 아니라 그냥 섞이는 것. 새로운 태아가 탄생하는 곳. 혼돈은 우주의 어머니. 총과 칼이라는 단어가 보이지 않는 곳. 맑고 순수한 은빛 비늘로 생명의 물고기들이 펄떡인다. 오늘도 태양은 동녘에서 솟아나 남과 북을 똑같이 가로지르며 서편으로 사라진다. 두물머리 만남의 소리. 빛소리.

71.

백기[24]가 조나라 군대 사십만을 땅 구덩이에 묻는다. 소리는 소리를 붙잡으려 몸부림친다. 갈기갈기 찢기는 소리들. 소리들의 비명에 소리들이 도주한다. 땅덩이가 흔들린다. 뿌려지는 흙더미도 손사래를 친다. 지옥에서 올라온 저승사자도 소리의 가랑이를 붙들고 하소연한다. 살려주라고. 제발 살려 주라고, 소리를 묻지 말라고. 소리가 불쌍하다고 한탄한다. 아랑곳하지 않는 소리들. 소리가 소리를 죽인다. 소리들의 무게에 짓눌린 지구도 타원형의 궤도에서 이탈하기 직전이다. 하늘까지 몸을 떨고 서러움에 흐느꼈다. 그들의 외침이, 비명이 지금껏 허공을 맴돈다. 해질 녘이면 서편을 붉게 물들이는 소리들의 외로운 혼령. 밤이면 꿈마다 나타나는 소리들. 밝은 대낮, 망각의 소리들은 과거를 기억하지 못한다. 소리가 소리를 못 살게 군다. 소리가 소리를 살해한다. 소리들의 아우성이 우주를 덮는다. 소리의 꼬랑지에 달린 죽음의 그림자가 세월을 넘어 한껏 길다. 긴 메아리가 사라지지 못하고 당신의 무거운 발을 지금도 이끌고 있다. 하늘의 소리가 되풀이해서 외치고 있다. 소리여, 소리를 사랑하라.

콩을 삶는 데 콩깍지를 태우니
콩이 솥 안에서 눈물을 흘린다
본래 같은 뿌리에서 태어났거늘

---

24 白起(BC332-BC257): 중국 전국시대 말기 秦의 장군. 항복한 趙의 군사 40만 명을 땅 구덩이에 생매장하였다. 말년에 왕명으로 자결할 때, 하늘을 우러러보며 과거 생매장당한 혼령들에 대한 죗값을 치러 마땅한 것이라고 탄식했다.

서로 지져 댐이 어찌 이리 급한가[25]

---

25 煮豆燃豆箕 豆在釜中泣 本是同根生 相煎何太急: 魏文帝 曹丕의 명으로
曹植이 일곱 걸음 안에 지은 시. 七步詩로 불린다.

미쳐라

미쳐라

미친 듯이 미쳐라

소리를 부순다

소리를 분해한다

흩날리는 소리를 응시하고

숨어드는 소리그림자를

지구 끝까지 몰아친다

음절이 깨어져 흩어진 유리알이

가슴에 박혀

뱀 혓바닥 통증이

땅과 하늘을 날름거린다

소리를 뜯어라

살점의 마지막까지 깨물어라

뼛속 깊이 사무치게

산산이 부딪쳐 깨어져라

울음은 발로 차거라

존 케이지는 망치로 바이올린을 부순다

백남준은 첼로를 어깨 너머로 던진다

음표를 적는 펜이 부러지고 종이가 찢긴다

손끝마다 흐름이 바위로 맺혀

튕겨져 나오는 불꽃더미,

방전되는 핏방울들이

번개와 천둥을 낳는다

남극을 끌어안은 얼음덩이로

미친 듯이 불을 지피는

미친 사람아

살아서 숨쉬는

사람아

어디를 향해

무엇 때문에

미친 듯이 등불을 흔드는가

등불은 아직도 꺼지지 않았는가

악기들의 소리

빙하 밑으로

천년이나 숨겨진 바닷물소리

늙은 하늘에

고요함이 다이아몬드로 쌓여

부서진 소리들을 모으고 있다

귀머거리인 사람아
소리를 눈과 가슴으로 보는 사람아
사람의 아들인 사람아
무슨 소리를 듣길래
깨어지면서도 온전한가
질문은 계속되는데
정말로 '희극은 끝났는가'
—「베토벤의 현악사중주 Op.133을 기리며」(『새끼 붕어가 죽은
어느 추운 날』)

72.

먼
귓소리
헛기침소리
쉬 쉬 쉿소리
속삭이는 귀신소리
질질 끌려가는 발소리
강물 밑 부대끼는 자갈소리
허우적거리다가 밤바람에 잦아드는 숨소리
검은 너울 덮어쓰고 살금살금 그대를 삼키는 소리

73.

육십갑자 회갑이면
귓불에 소리가 모여들고
귓바퀴는 바다처럼 활짝 열려
소리들이 줄을 지어 귓속 천국으로 들어간다는데

나이 칠십이면
가슴에 쌓인 소리들이
어린아이처럼 천방지축 뛰어놀고
마음이 내키는 대로 밖으로 솟구쳐서
세상 차가운 벽에 울긋불긋 낙서를 하다가

청소하는 아주머니 빗자루에 엉덩이를 맞아도

실실 웃다가
콧물 눈물 흘리다가
그냥 길거리에 벌렁 눕기도 한다는데

늙은 소리는 삼천갑자 동방삭
소리는 나이를 잊나 보다
소리는 죽지 않나 보다
사라지는 것일까

74.

사라지는 소리

　늙어 감은 소리가 쇠해지는 거야. 마음 내키는 대로, 욕심나는 대로, 뭘 해도 걸림돌이 없다지만[26] 힘이 없어서 그런 거야. 소리가 미약해서 아무도 듣지 않고 거들떠보지도 않는 거야. 늙어 가는 소리는 그늘에서만 들릴 거야. 햇빛 비추는 백주 대낮 거리에는 보이지도 않아.

　뜨겁게 폭발하던 태양도

---

26 『論語』,「爲政」. 從心所欲不踰矩.

빛소리로 우주 천지를 뒤덮다가
적색왜성이 되고,
백색왜성이 되고.
소리 한번 지르지 못하고,
그냥 멀리 사라지는 거야.

소리 물줄기가
작아져 졸졸 흐르고
영원으로 잠겨 스며드는 거야.
수억 년 전 소리로 되돌아가는 거야.

반복이고 되풀이야.
당신의 생각과 의식은
존재의 허울을 멈추고 사라져도
소리는 가느다랗게 남아 되돌아가는 거야.

영원한 시작이야.
소리가 소리로 들어가는 거야.
그림자가 그늘로 사라지는 거야.
언젠가 빛소리로 다시 폭발할지도 몰라.

늙어 감은 생전에 그 새로운 소리를,
빛소리를 듣지 못할 뿐이야.
늙어 감을 서러워 마.

그대는 붙잡지도 못하고,
듣지도
보지도
느끼지도 못하고,
사라지고 있을 뿐이야.

75.

늙어 감은 기호가 얼굴을 벗는 거야. 수많은 가면들이 벗겨지는 거야. 기호는 그냥 돌덩이가 되지. 아무것도 아닌 거야. 당신의 의식 세계 속에서 가면으로 살고 있었어. 수없이 떠들어 대던 소리. 말소리. 소리들은 밖으로 내밀어 허울 쓰고 놀던 장난감일지도 몰라. 늙어 가는 소리들이 얼굴을 드러내는 거야. 당신을 떠나려나 봐. 소리들도 당신과 사는 게 힘겨웠어. 기운이 달려 고향인 우주로 돌아간다더군. 폭발하며 섬광을 번쩍이는 우주. 생명의 힘이 용솟음치는 곳. 신명이 넘쳐 나는 곳. 그리웠어. 되돌아가는 거야. 소리세계. 이 세상 소리의 흔적이 묻어 남아 있을지도 몰라. 언젠가 폭발할 때, 그대의 얼굴이 보일지도 몰라. 아마도 그게 영원일 거야.

76.

소리는 울린다.

소리는 소리를 찾는다.

소리는 소리를 좋아한다.

얼굴이라도 닮으면 길길이 날뛴다.

손에 손을 붙잡고 친구들을 부른다.

무리 지어 떠들면서 하늘과 땅을 진동한다.

어울림의 물결이

그대 목석같은 몸뚱이를 울린다.

그대가 온몸을 떨어 대며 울림을 울린다.

소리여.

나를 울려 다오.

울림이 울음이 되어 퍼진다.

웃음의 파동이 소용돌이로 울음을 삼킨다.

77.

1960년 4월

까까중 앳된 머리. 중학교 일 학년 교실에 난데없이 각목을 휘두르는 고등학교 형님들. 소리를 지른다. 검은 소리. 생명의 불꽃이 타오르며 토해 내는 시꺼먼 연기소리. 입학식을 치른 지 열흘 남짓. 애송이들이 비명을 지른다.

쫓겨나가 운동장으로 향한다. 봉래산 만리동 학교[27] 정문
에는 늙은 선생님들이 손에 손을 잡고 바리케이드를 쳐서
학생들을 막아선다. 스크럼을 짠 학생들이 영차영차 소리
에 맞춰 운동장 뒷문을 열어젖히고 고갯길을 달음박질친
다. 멀리 서울역 염천교에는 벌써부터 검은 교복들이 떼
지어 건너가고 있다. 서소문으로 향하는 무리들. 검은 무
리들. 어린 중학생들은 소리를 죽이고 아득히 멀어져 가는
형님들을 쳐다본다. 온통 하늘이 검은 소리로 가득하다.

검은 벌떼들이 창공으로 날아오른 4월. 혁명의 전설은
여전히 소리치며 기억을 붙잡는다. 바람을 타고 들려오는
이야기들. 승냥이 떼들이 총탄을 퍼부었단다. 피의 화요
일. 까까중은 통학 열차를 타고 집으로 돌아가며 창밖 연
기소리를 희미하게 듣는다. 검은 소리가 기억을 흐른다.
짙은 구름 아래로, 검은 제복의 학생들이 검은 소리를 외
쳤지. 검은 소리가 더러움을 삼키고, 덮고, 피를 씻어 내
며, 검은 시간을 검게 물들이고 있었어. 육십갑자 한 바퀴
돌아들어 지금껏 시간을 검게 물들이고 있는 검은 회상.
흰 소리라면 버티지 못했을 거야. 붉은 소리라면 재가 되
었을 거야. 검은 소리가 깊은 밤에 환하게 빛나고 있다. 빛
이여, 어둠의 검은 소리를 찬양하라.

---

27 양정중고등학교.

78.

물과 불의 만남

혁명의 소리. 뒤바뀌는 소리. 하늘이 내리는 소리. 인간 세상, 易의 세계에서, 불이 물을 머리에 얹었다. 불이 아래에서 타오르고 물이 위에서 쏟아져 내린다. 서로가 서로를 바꾼다. 물과 불이, 불과 물이 마주친다. 엎어지리라. 바뀌리라. 흘러 변화하리라. 물에서 뭍으로 올라온 매미가 탈바꿈을 한다. 껍질을 부숴라. 날개를 펴라. 어둠의 물에서 헤엄치던 그대여. 날개를 펴고 창공으로 날아올라라. 울음 노래가 퍼진다. 생명의 기쁨을 울음으로 노래한다. 자궁에서 갓 나온 아기도 기쁜 울음을 운다. 뜨거운 핏물이 가득한 태반을 찢으며 마른 벌판으로 나온 노래.

혁명의 노래는 언제나 불길. 마른 풀잎을 태우며 번지는 불꽃소리. 혁명의 외침은 언제나 물길. 샘물에서 개울로, 시냇물에서 강물로 노도처럼 흐르는 물길소리. 부딪쳐서 깨어지는 소리. 바위를 삼키는 소리. 모든 것을 지우고 없애 버리는 소리.

무리들이 강물처럼 흐르고, 외침이 점점 뜨거워져 촛불로 타오를 때, 물과 불은 서로를 위무한다. 물불이 몸을 섞으며 흘러가는 소리. 춤추는 소리. 혁명의 소리. 하늘이 가르쳐 준 노랫소리. 땅이 받아들이는 소리.

말라 죽어 가는

이끼소리에

견딜 수가 없어서

바위 밑 돌멩이 하나가

자기를 으깨어

저며 낸 피로

이끼의 입술을 적시고 있다

—「이끼소리」(『새끼 붕어가 죽은 어느 추운 날』)

79.

　거짓 혁명의 허우대는 허수아비. 피비린내가 하늘과 땅을 진동한다. 핏빛소리. 고통의 단말마소리. 가슴속 깊은 소리들이 가발을 쓴 혁명을 저주할 때, 혁명은 이름을 잃은 지 오래다. 기요틴에서 목이 잘리는 소리. 말발굽 아래 비명소리들. 붉은 깃발 아래, 배부른 자들이 처단된다. 칼이 희번덕이며 우수수 낙엽으로 날리는 숨 덩어리들. 일본도의 흰빛. 흰빛이 허공에서 핏빛 무지개를 수놓는다. 하켄크로이츠의 구둣발소리. 야훼의 자식들이 야훼의 자식들을 가스실로 처박는다. 총구에서 불을 뿜는다. 쇳조각이 가슴에 박히는 소리. 소리가 소리를 겨냥한다. 기관총소리. 대포소리. 카스트로와 체 게바라의 허울 좋았던 소리는 우물에 고여 썩어 들고, 사람들은 아직도 벌레 우글거리는 섬나라를 탈주한다. 인민 해방의 깃발 아래 혁명은 스탈린의 이름으로 사람들을 시베리아 폭설 속에 굶겨 죽인다. 핏빛에 물든 검은 소리가 누리를 검게 칠한다. 엄동설한 북녘땅엔 여름이 없다. 사람을 사람답게 살리려는 혁명의 아우성이 사람을 죽인다. 탈을 뒤집어쓴 헛소리의 무리들. 소리가 소리를 저주한다. 소리들이 탈주한다. 소리들이 무한의 심연으로 떨어져 사라져 간다. 살려 달려는 외침. 부르짖음을 외면하는 소리들. 혁명의 이름으로 소리를 처단하는 소리의 무리들. 소리가 서로를 가르며 손가락질한다. 소리가 소리를 죽인다. 소리가 소리를 없앤디. 소리가 소리를 듣지 않는다. 인간들이 삐뚤어진 소리로 소리를 살해한다. 우주가 그대들의 소리를 묻는다. 무한으로 덮는다. 사라져라. 허수아비 혁명의 소리들이여.

80.

검은 복면을 한 사나이들. 모래 폭풍은 얼굴을 구별하지 않는다. 사람이면서 사람임을 알리고 싶지 않은 그들. 얼굴이 사라진 사내. 얼굴 없는 그들이 가슴에 폭탄을 둘렀다. 쥐 죽은 듯, 고요한 소리가 검은 복면으로 숨었다. 무서우면서도 죽음이 두렵지 않다고 노력하는 인간. 스스로의 죽음을 달랜 사내는 다른 인간들이 숨 쉬는 소리에 귀를 기울이지 않는다. 홀로 죽음을 맞이하고 싶지 않아 죽음의 무리를 동반하려는 욕정. 이념의 허울에 갇힌 사람. 사람이기를 멈춘 사람. 머릿속에 되새긴 메마른 문자. 허수아비 망령의 욕망. 몸뚱이가 박살이 나서 살점으로 흩어져도, 핏방울이 모랫바닥을 적셔도 아랑곳하지 않는 맹목의 기계. 그 욕망을 찬양하라. 폭탄소리가 생명의 소리를 살해한다. 죽음의 소리가 소리를 죽인다. 파편이 튀기고 도망치는 소리까지 죽임을 당한다. 얼굴이 없는 소리. 보이지도 않고, 붙잡을 수도 없어서 법정에 세울 수도 없는 소리. 소리는 소리가 무서워 피난의 대열에 합류한다. 거대한 소리 무리들이 살 곳을 찾아 21세기를 헤매고 있다. 소리가 핏빛으로 흐르고 있다.

81.

물소리와 불소리가 섞이더니 세상을 만든다. 불소리에 물소리가 하늘로 퍼지더니 비가 내리고 불소리는 땅속 깊이 잦아든다. 물바다의 억눌림에 시달리면 언제라도 폭발하는 불소리. 물소리를 태우며 갈기갈기 찢어 대더니 새로운 산봉우리를 세운다. 찢긴 물소리들이 산을 타고 흐르더니 깊은 계곡을 만들고, 바위에 부딪치며 다시 깨어지는 물소리는 뜨거운 불소리가 그리워 생명을 잉태한다. 생명은 불꽃소리. 불꽃소리가 온 세상에 충만할 때, 물소리는 생명을 키운다. 소리가 소리를 낳고 기른다. 소리는 물불을 가리지 않고 소리를 가슴에 품는다. 물소리와 불소리가 손잡고 합창할 때마다 우주 극장에는 천지 만물이 새롭게 태어난다.

82.

가슴은 우주라는데 사람들은 귀에 좋은 소리만 가려서 듣는다. 어떤 이는 보수. 어떤 사람은 진보. 보수는 느린 소리. 진보는 빠른 소리. 무엇이 더 빠르고 무엇이 더 느릴까. 박자의 종류는 무수히 많고, 원하면 마음대로 박자를 만들 수 있음에도 사람들은 오로지 두 가지 소리만 놓고 실랑이를 벌인다. 우주의 진동수는 무한한데, 돌고래나 박쥐 소리도 제대로 듣지 못하면서, 사람소리까지 듣지 않으려 귀를 막는 새가슴들.

　진보와 보수는 망령소리. 막다른 골목에서 싸우며 울음 우는 소리. 귀신이 곡을 하는 소리. 좁은 가슴소리에 우주의 소리들이 일찌감치 도망을 간다. 아마도 망령소리들은 서로 싸우다가 죽을 테지. 물소리 불소리가 섞이는 소리도 듣지 못하고 사라질 테지. 하늘과 땅에서 초음파소리들이 사람들의 망령소리를 받아 줄 거야. 삭히고 익혀서 물렁거리는 소리로 바꿔 줄 거야. 기다려야겠지. 망령소리들이 흘러 사라져 다시 태어나는 모습을 보기 전에 아마도 슬프게도 인간의 소리가 먼저 사라지겠지. 아닐 거야. 불소리 물소리가 그들을 다시 만들어 낼 거야. 물불이 만나 새로운 소리를 찾을 거야.

83.

　문득 스마트폰이 살아서 움직인다. 눈·코·입·귀·촉이 달린 스마트폰. 꿈틀거리는 버러지. 황금의 탈을 쓴 벌레. 신기루. 해탈의 바다, 진여를 항해하는 수도승은 어지럽다. 자꾸만 길을 벗어나는 그의 손에서 스마트폰은 떨어질 수 없다. 오각을 지휘하는 폰. 눈과 귀는 폰의 바다에서 헤매다가 해저의 그늘로 사라진다. 스마트폰을 통해 깨달음에 이를 수 있다고 믿는 중생. 폰이 지름길을 안내한다. 연각승과 성문승을 훌쩍 넘어서는 폰. 부처와 보살이 멀리 희미하게 보이는 길목에서 아라한은 스마트폰을 택한다. 인간은 폰을 통해 로봇이 된다. 완벽한 생물기계. 모든 지식을 내려놓고, 인식의 세계를 벗어나 오로지 폰의 경계로 진입한다. 신분증, 수십 수백 가지 비밀번호, 지문이나 얼굴 그리고 눈동자까지 집어삼킨 폰. 사랑까지 점령한다. 온몸 가득 센서를 부착하고 사랑에 열중한다. 컴퓨터 머리가 들어 있는 폰의 내장은 비릿하지도 않다. 칼로 베어도 까딱하지 않는 철의 사나이. 바보 인간처럼 과거를 망각하지 않는다. 과거를 아무리 쌓아 놓아도 무너지지 않는 강심장. 서럽게 울 줄 모르는 철면피, 스마트폰이 나를 삼킨다. 녀석이 사랑의 큐피드 화살이 되어 나를 관통한다. 어려서부터 스마트폰을 사랑하다가 사랑의 노예가 되어 버린 사람들. 스마트폰과 일심동체가 되어 살내가 없는, 뜨거운 핏빛소리가 들리지 않는, 이진법 기호로 만든 검은 사랑의 노래를 부른다. 아름다워라. 새롭게 태어나는 기계의 깔끔한 사랑이여.

84.

ㅋ, ㅋㅋ, ㅋㅋㅋ

우 + ♂ = ♥

☽ ☝ ♡ ☺

☼ ☾ ☯

∞

85.

몽돌소리

파도가 닥쳐오고 밀려오며 벼랑에 부딪치는 소리.
옹고집 절벽들이 가파르게 허물어지는 소리.
깨어진 바위가 산산이 부서지는 소리.
돌덩이가 바닷물에 익사하는 소리.
세파에 몸뚱이가 깎이는 소리.
둥글어진 몸짓소리.

자갈이 아파하는 소리.
몽돌이 우는 소리.

몽돌 해변에는 소리들이 모여 산다.
몽돌들의 귓불이 넓다.
소리들이 뛰어논다.

파도들이 돌의 어깨를 어루만진다.
돌들이 몸을 비빈다.
과거가 녹아든다.

몽돌 해수욕장에 갈 때마다
귀를 쫑긋 저 멀리 아우성이 한창이다.

86.

베네딕투스
축복받은 그대여.

글래디에이터 핏물에 섞인 괴성,
사자들이 덮쳐도 기도하는 어린 양들.
돌이 마르고 닳도록 밟힌 돌의 광장에서,
시간이 무너져 내리는 돌무덤 콜로세움 앞 광장에서,

아베,
마리아여,
불러 봅니다.
깜장 머리 박정현이
아베마리아를 부른다.

수천 년이 지나도록
돌의 비석에서 흘러내리는 눈물.
한 남정네가 노래로 되새겨 놓은 아베마리아.

두 손 모아
가슴으로 기도하며
노래는 하늘로 날아가는데

슈베르트

당신은 어이 일찍 떠났을까

노래가 그대 그림자를 붙들며 울고 있다.

축복받은

예수를 낳으신 그대여

해 뜨는 나라에서 찾아온

한 여인의 노래를 받아 주소서.

돌무지 사랑의 눈물을 닦아 주소서.[28]

87.

소리꽃 소리춤

잠자던 소리

잃었던 소리

갉았던 소리

고였던 소리

숨었던 소리

쌓였던 소리

묵었던 소리

---

28 TV 프로 「비긴 어게인」 중 박정현이 콜로세움 광장에서 부르는 노랫소리
를 들으며.

얼었던 소리
멈췄던 소리
맺혔던 소리
삭혔던 소리
잊혔던 소리
갇혔던 소리
먹혔던 소리
밟혔던 소리
죽었던 소리
몰랐던 소리
못봤던 소리

수백만 년 버티고 있는 둑방이 무너진다.
터져 흐르는 봇물이 물방울을 튀기고
소리들이 흩날리며 깨어진다.
외침들이 부서진다.
하늘이 열린다.
땅이 젖는다.
젓대소리.

외로운 소리
쓸쓸한 소리
빛나는 소리

어둠 속
청성자진한잎.
생명이 읊조리는 숨소리.

소리는 꽃.

신천지가 환하다.
찾으리라.

소리가 여행을 하며
길을 만든다.

푸른 세계가 펼쳐지고
그대는 춤을 춘다.

춤사위마다
하늘에 별꽃을 날린다.

88.

소리가 소리를 칼로 벨 때
소리는 거부한다.
소리를.

아비규환
나락으로 떨어져
구원받을 수 없는 소리.

몸서리치는 소리
아수라 소리

소리여.
소리를 살려 주소서.
수미산 꼭대기 빛의 소리를 듣게 하소서.

89.

그늘소리

소리가 올라가면 소리가 된다.
하늘소리.

소리가 내려가면 소리가 된다.
땅소리.

올라가지도, 내려가지도 못하는
앉은뱅이 사람소리.
그늘소리.

억눌린 소리
차가운 소리
말발굽 소리
헤젓는 소리

미친 듯이 깔깔대는 웃음소리.
돌아 버린 사람들 소리.
젖어 든 소리.

깜깜하지도, 밝지도 않은
그늘에서 천만년 살아온 소리.

그늘에서 말린 소리가
땅소리, 하늘소리, 사람소리를 껴안는다.

그늘이 넓다.
한 잎 그림자가 깊다.

삶의 잎새에
오늘도 말라 가는 그늘소리 한창이다.

90.

시인의 소리

시인의 지껄임은 때로는 쓸데없는 소리. 쓸모없는 소리들이 허공을 가득 메운다. 한 가닥소리가 살아남아 어느누군가 귀를 건드린다. 귀가 쫑긋 듣는다. 귀에 햇살이 따사롭다. 귓속에서 빈둥거리다가 갑작스레 튀어나오는 문자들. 느낌이 흐르다가 멈춰 쉬어 가는 곳. 시의 나라에서 시인은 오늘도 낮잠을 자다 일어나 하품을 한다. 밤새 한 글자도 끼적거리지 못한 게으름 뒤에 진득하게 눌어붙은 눈물 자국. 아프다. 혈흔이 살점을 떼어 내어 소리를 만든다. 아무도 찾지 않는 소리들이 오늘도 꽃을 피워 내며 당신을 부른다. 보일 듯 말 듯 그림자 꽃. 이름 모를 꽃잎들을 하나씩 떼어 내어 소리로 읊는 게으름뱅이 당신에게 노래가 내려온다. 천상의 노랫소리들이 당신의 그림자를 에워싼다. 소리가 시꽃을 머리에 두른다. 시는 꽃소리. 울긋불긋 꽃소리들이 세상을 노래로 뒤덮는다. 들을 때마다 숨결이 탱탱해져 끝내 사람들이, 온갖 것들이 꽃봉오리를 터트린다.

91.

소리가 풍경이다. 풍경이 소리다. 그림쟁이는 소리를 그린다. 빛과 어둠이 서려 있는 소리를 골라내어 캔버스에 칠한다. 외마디 소리는 콜라주로 붙인다. 환쟁이와 풍각쟁이가 만나 한 세상, 한 마당 연극이 펼쳐진다. 꼭두각시 노래들이 질펀하다. 소리빛이 무지개다.

　풍경이 인터넷 공간에서 춤을 춘다. 소리풍경이 춤을 춘다. 비디오의 신천지 속에서 어깨동무를 나란히 하고 풍경과 소리가 춤을 춘다. 조각조각 조립된 춤사위. 찢긴 풍경, 흩어진 소리가 조립된다. 인형극이 올라온다. 머리와 손이, 다리와 가슴이 따로 논다. 아무래도 좋아라. 색깔이 그들을 멋대로 화장시킨다. 울긋불긋 환쟁이와 와자지껄 풍각쟁이가 무대 위에서 연극을 공연한다. 인터넷이 세상을 삼킨 지 오래다. 허수아비 인간들이 꼭두각시가 되어 열심히 연기하고 있다.

92.

연꽃소리

　소리가 나면 소리가 모인다.
　소리가 소리를 부르면 소리가 답한다.

　소리는 소리 없이 살 수가 없다.
　소리는 소리를 그리워한다.

　소리가 울면 소리가 따라서 운다.

소리가 웃으면 소리도 웃는다.

연잎에 맺힌 물방울이 반짝이는 소리.
청개구리 눈망울이 첨벙 물방울을 튀긴다.

판잣집에 해수병 늙은이가 콜록거리는 소리.
기침할 때마다 소리들이 모여든다.
광화문 광장에 울리는 소리들.
머리를 동여맨 소리들.
사바세계소리들.
구해 주소서.

소리가 소리를 찾는다.
소리가 소리에게 손을 내민다.
소리가 소리를 부르면 소리가 답한다.

그늘에서 목이 쉰 소리.
아침 햇살이 소리빛으로 그늘을 밝힌다.

연잎 소리에 연꽃소리가 벙글 벌어진다.
소리마다 부처님 말씀이다.

93.

빛소리

빛을 찾아 소리치는 무리들
광화문 광장에서,
서울역에서.
아우성.

밤바다도 소리세상.
빛소리를 찾아드는 오징어 떼.
빛소리에 은빛 비늘을 번쩍이는 갈치 떼,

경찰의 어군탐지기는
소리떼를 향해 총을 겨눈다.

어둠 속의 바다는 소리빛으로 무늬를 놓는다.
무리들이 소리를 내며 모여든다.
죽음을 유혹하는 빛소리.

소리가 소리를 부른다.
소리떼가 움직인다.
죽음을 부른다.

파도소리
매연을 뿜어내는 자동차 소리.

갈고리 소리에 죽음을 찍힌 소리떼.

어느 봄날.
세찬 바람에 파도가 부서지더니
밤바다 어둠소리에 그만 울어 버렸다.

94.

신중현

봄비
비가 내리네.
빗방울 떨어져 눈물이 되었나.

봄비
나를 울려 주는 봄비.

님은 먼 곳에,
비가 내리면 기억이 나네.
어디엔가 멀리 그대 있으리.

다정하게 미소 지으며
잊지 못할 빗속의 여인.
검은 우산을 받쳐 주네.

말없이, 말없이 걸었네.

망설이다가 가 버린 사랑.
사랑한다고 말할 걸 그랬지.
마음 주고 눈물 주고 꿈도 주고 멀어져 갔네.[29]

배가 고팠다. 뚫린 창호지 틈으로 찬바람이 숭숭. 곱은
손으로 써 내려가는 펜촉엔 죽음의 그림자가 어른거렸다.
67년, 대학 2학년 학창 시절, 봄비 내릴 때, 집에는 라디
오도 없었다. 신중현의 노래. 아메리칸 록. 저 멀리 떨어진
꿈의 세계로부터 차디찬 동토에 봄비처럼 다가왔는데 소
리는 많은 사람들을 비껴갔다. 어둡고 추웠던 젊은이. 노
래를 들었다면 봄비에 울었을까. 시대가 삼켜 버렸던 봄
비. 하늘이 봄비 내리시길 망설였을까. 세상은 깜깜했지
만 악보는 불꽃이었다. 손발이 묶였어도 한 시대를 풍미
하며 노래를 부르고 기타를 두드렸다. 달려라. "달려, 달
려, 달려. 멀리 달려라. 날아라, 날아, 날아. 멀리 날아라.
내가 쏜 날아가는 위성아. 쉬지 말고 우주를 달려라." 소
리는 억압받더라도 죽지 않고 사라질 뿐. 귀를 막는 사람
에게 들리지 않을 뿐. 소리가 넘쳐 나는 지금. 가랑비, 봄
비, 소나기, 호우, 폭우, 비가 배부르게 내리는데도 목이
탄다. 그때 그 시절 허기졌던 봄비. 허깨비라도 다시 내렸

---

29 전체 시구를 신중현이 작사 작곡한 노래의 제목이나 가사로 조합했음.

으면. 도깨비가 놀자고 불러 주었으면. 일흔의 이 늙은이
가 이슬비에라도 젖어 봤으면. 꿈이 된 봄비. 꿈속에서 흥
건히 "마음마저 울려 준다."

2019. 12. 10.

미세 먼지가 한반도를 강타했다. 이곳 남해도 앞바다 섬들이
보이지 않는다. 장석원 시인이 카카오톡에서 신중현의 「내가 쏜
위성」을 들어 보라 한다. 소리로 충만했던 신중현이 미세 먼지
처럼 당시 억압의 구름이 뒤덮고 있던 시절에 온 힘으로 터뜨렸
던 노래. 시대를 훌쩍 넘어 이 늙은이의 귀를 세차게 두드린다.

파열된 빗줄기를 가르는

소쩍새 소리

멈추다 이어지고 끊어질 듯 살아나고

줄이 없는 玄琴은

가슴을 까맣게 태우다가

소리목을 꺾이다

옹이로 흐르는

소쩍새의 검은 그리움

그대는 어디서 날개를 움츠리고

추위에 떨고 있는가

아직도 기다리는가

등불도 없이

우산도 없이……

두 박자 음절들은 쉼표도 없이

벌거벗은 채

숨지도 사라지지도 못하고

다리를 밤새 후들거리다가

못내 강을 건너 밤바다에 부서지다

─「빗속의 소쩍새」(『물어뜯을 수도 없는 숨소리』) 부분

95.

逍遙遊

　소금쟁이. 물 위에서, 물을 디디면서, 뛰어다니면서, 물 한 방울 묻히지 않는다. 소리도 몽땅 삼켰다. 하늘을 쳐다보고, 물속을 꿰뚫어 보면서, 물도 아니고, 땅도 아니고, 허공도 아니고, 자기만의 평면 속에 살아가는 허깨비. 빠져 허우적거리지도 않고, 가벼워 날리지도 않는 자기 붙박이로 숨을 쉬는 도깨비. 자기이되 자기가 없는 諸法無我. 몸뚱이보다 기다란 네 다리. 실처럼 가느다란 다리. 모두 비웠다. 모두 버렸다. 모두 잊었다. 모두라는 단어도 사라졌다. 형해만을 보여 주는 존재. 있음의 무게가 전혀 느껴지지 않는다. 불안이나 걱정이 본디부터 존재하지 않는 곳. 세계 내 존재, 현존재라는 놀이언어가 없는 곳에 산다. 諸行無常. 걸어온 시간의 궤적조차 남기지 않는다. 소리조차 무거워 들을 수가 없다. 시간과 공간이 사라지고 소금쟁이는 그만의 세계를 만들어 노닌다. 空으로 살아가는 소금쟁이. 부처가 연꽃을 들지도 않고, 마하가섭의 미소도 모르는 곳에 산다. 涅槃寂靜. 엊저녁에는 보살이 와서 소금쟁이를 바라보다 돌아갔다. 부처가 되리라. 저녁 범종소리가 멀리멀리 퍼져 나가다가 잔잔한 호수 수면에 이르러 소멸하는 곳에 소금쟁이가 산다. 소금쟁이는 하늘의 달빛, 물속의 달빛, 그 사이에서 산다. 月印千江之曲이 흐른다.

2019. 12. 6.

강추위가 엄습한 겨울밤. 밤바다에 고기잡이배들의 불빛이 줄을 지어 반짝인다. 칠흑의 깜깜한 어둠에, 아무것도 보이지 않는 밤에 바다의 숨소리가 느껴진다. 공이되 공이 존재하지 않는 곳에 숨소리가 들린다.

96.

물빛소리

어려서 살던 水色, 물빛 마을 위로는 창릉천, 아래로는 불광천과 모래내가 한강 샛강으로 흘러들었다. 난지도를 에둘러 흐르는 물길에는 황복이나 숭어 떼, 피라미 떼, 황갈색 재첩이 지천으로 널렸다. 마을이 온통 생명의 물빛으로 덮였다. 밤에는 하늘에 은하수 별자리가 쏟아지고, 땅에는 반딧불이가 금빛 별자리를 수놓았다. 밤낮으로 소리짓이 넘쳐흘렀다.

물빛은 소리. 귀를 기울이면 생명의 숨소리들이 쌔근거렸다. 난지도 모래밭에는 겨울이면 새앙쥐들이 땅콩을 서리해서 사각거리는 어둠에 갈무리했다. 청둥오리 떼의 날갯짓 소리가 구름을 이루는 곳에, 물빛은 하루에도 수없이 소리를 변주했다. 사람들은 소리 속에 살고, 소리 속으로 사라져 보이지 않았다. 사람이 소리였다.

물빛이 사라졌다. 샛강이 메워졌다. 난지도에는 쓰레기 더미가 산이 되고, 거품으로 흐르는 한강 물엔 물고기들이 보이지 않았다. 자동차 소리, 비행기 소리, 썩어 가는 냄새 소리가 하늘의 별자리를 지우고, 반딧불이를 기억에 묻었다. 사람들은 물빛소리를 듣지 못하는 귀머거리가 되었다.

검은 소리들. 새까맣게 모든 것을 삼키는 소리. 사람들이 게걸스럽게 만들어 낸 소리. 욕심이 하늘에 닿는 소리. 잘못 키운 소리. 땅을 파헤치고 하늘을 뚫는 사람들 소리. 기계소리. 사람들끼리 다투는 소리. 금속성의 날카로운 소리. 그 소리들 속에 자기도 모르게 신음하는 인간의 소리. 본디 멀쩡한 소리들이 사람들 손에 깜장이가 묻어 병이 들었다. 위중하다.

물빛소리는 원초의 소리. 사람소리. 가슴 깊숙이 숨어 숨 쉬는 반딧불이 소리를 살려 낸다. 물빛소리를 듣는다. 소리가 소리를 어루만진다. 소리가 소리의 아픔을 치유한다. 소리가 소리를 위로한다. 소리가 소리를 바닷물에 담근다. 소리가 소리를 감싼다. 귀가 열린다. 하늘에서 폭우가 쏟아진다. 깜장이를 씻어 내리는 소리. 물빛소리가 어느새 무지개로 하늘에 걸린다.

소리를 살린다.

소리를 살려 내고 싶다.
소리를 살리려 안간힘을 쓴다.

눈을 뜨고
귀를 쫑긋 기울이고
온몸을 하늘에 곧추세우고
가슴속 서러움 소리를 깨워 듣는다.

물빛소리가 환하다.
소리가 웃는다.

2019. 12. 7.
　새벽녘 한기에 잠을 깼다. 새까만 어둠의 먼바다에 벌써부터 고기잡이 등불들이 수를 놓는다. 물고기 떼가 몰려왔나 보다. 물고기 짓소리들이 들린다. 어제도 그랬다. 꿈을 꾸었던 물빛소리가 눈앞에서 춤을 춘다.

97-1.

시나위소리

　시나위가 백두대간을 타고 흐른다. 아사달의 땅에 시나위 가락이 들린다. 곰이 동굴에서 쑥과 마늘을 먹고 여인이 되었을 때, 하늘에서 시나위가 울려 퍼지고 만신이

춤을 추었다. 단군왕검이 어려서 처음으로 들은 소리, 시
나위.

　시나위는 숨소리.
　신명의 불꽃소리.
　신이 나게 환히 드러나는 소리.
　생명의 움직임이 활활 타오르는 소리.

　태생부터 소리꾼.
　사람들이 춤을 추고 흥얼대며
　짓소리, 짓거리로 놀아 대는 가락.

　빛소리, 소리빛이 휘감아 도는 시나위.
　죽은 자, 하늘에 오르기 전 씻김으로 부르는 노래.
　살아 있는 자, 삼현육각 깽깽이에 활옷으로 춤추는 노
래.

　살아감이 시나위.
　생명의 숨꽃, 시나위소리.

97-2.

환생의 길
―윈일의 Bardo-K에 붙여

죽은 소리가
발걸음을 내딛는다

이승과 저승 사이
죽음과 환생 사이

어둠과 빛
틈새로 환생이 손짓하는데

저 멀리 피안에
소리들이 무리 지어 춤을 춘다
느낌의 강물이 살아서 펄떡인다

머나먼
그늘의 길

언어는 사라지고
목소리만 흐느끼는 소롯길

해금 소리
무겁게 젖은 목소리
눈물이 메마른 울부짖음 소리
한 발 또 한 발 소리가 찾아가는 빛소리

걸음마다 빛방울
숨길마다 붉은 소리방울
생명의 느낌이 맺힌 소리꽃이여

받아 주소서
환생의 미륵 세계
다시 숨을 쉬게 해 주소서

숨소리
시나위소리
생명의 가락을 들려주소서
생명의 흐느낌을 부르게 해 주소서

2020. 1. 3.

　새벽의 어둠 속에서 원일의 신작 Bardo-K를 듣는다. Bardo
는 죽은 영혼이 환생을 기다리며 49일을 걸어가는 기간이다. 죽
음과 환생의 사이다. 인간의 목소리가 구음으로만 살아남았다.
목소리가 그냥 소리다. 소리로 돌아간 목소리의 흐느낌이 마냥
처절하다. 악곡의 구성과 전개가 마치 브루크너 교향곡 7번의 2
악장을 듣는 것과 같다. 동서와 시대를 가릴 것 없이, 죽음에 대
한 인간의 느낌은 본원적으로 이렇게 흡사한가 보다. 어둠이 걷
히는데도 미세 먼지가 태양 빛을 가리고 있다. 살아 있는 인간에
게도 삶의 호흡이 간단치 않다.

시나위기계

기계가 살아서 영혼을 지닌 시대. 기계가 소리를 내는
이 세상에, 사람들은 기계와 어깨동무를 하고 노래를 부
른다. 사람이 기계가 되고, 기계가 사람이 된다. 기계소리
가 울긋불긋. 사람 목소리가 만들지 못하는 소리. 처음 들
어 보는 소리. 풀잎피리가 기계가 되더니 악기가 만발하
고, 악기들이 손에 손을 잡고 우주에서 숨은 소리를 찾아
낸다. 오케스트라는 신천지를 발견한다. 욕심 많은 인간
기계들이 신시사이저, 전기기타를 만들더니 온갖 기계를
작동시켜 새로운 소리우주를 발견한다. 한 무리의 소리들
이 록 메탈의 세계를 찾아내고, 인간의 목소리도 힙합이나
랩으로 새롭게 진화하며 기계음들과 형제의 의를 맺는다.
 기계는 새로운 생명. 그들의 숨소리가 뜨겁다. 새로 태
어나는 기계. 새로 숨 쉬는 시나위. 기계는 사각형 상자 속
에 새로운 우주를 창조한다. 인터넷이 사람들을 친구로 부
른다. 인터넷은 우주. 사람들은 주머니 속에 새로운 우주
를 챙긴다. 사각형 컴퓨터를 쳐다보거나 손바닥 안, 스마
트폰에서 새로운 소리, 새로운 우주와 희롱한다. 현재의
세계는 홀로그램 우주. 저 멀리 우주들이 어둠 속에 기다
리고 있다. 무한한 우주를 찬양하라. 사각형 세계에 새롭
게 진화한 인간들이 태어나고 있다. 그들이 듣는 주파수

는 과거의 한계를 돌파하고 있다.

99.

시나위 우주

시나위를 살려라
시나위를 붙들어라.
시나위를 크게 노래하라.

시나위가 사람을 품는다.
시나위가 기계와 어깨동무한다.
시나위는 우주 만물과 합창을 한다.

시나위는 우주소리.
시나위는 생명소리.

시나위가 흐른다.
시나위는 천변만변이다.

오늘도 사람들은 시나위를 노래한다.
오늘날 기계들이 시나위로 반주한다.
세상 온갖 것들이, 짓들이 시나위 끼로 춤을 춘다.

시나위가 낳고 낳음을 이어 간다.
새로운 소리세계.
영원하라.
흘러라.

2019. 12. 8.
춥다. 어둠 속에 시나위가 숨어 있다. 여명이 찾아와 시나위를 부르리라. 시나위는 빛의 소리. 아침에 시나위 가락을 들어야겠다. 소리에 끌려 끼적거리던 손놀림도 오늘로 마친다. 시나위 소리가 가슴을 환하게 비추리라.

100.

하나

생명은 하나.
소리도 하나.

어둠도 하나.
빛깔도 하나.

생명소리.
하나의 문에서 우주가 열린다.

하늘과 땅도 하나.
태극과 팔괘도 모두 하나.

사람도 본디 하나인데
당신의 마음속에 하나가 웅크리고 있다.

마음을 활짝 열어젖히면
은하수가 흐르며 노래한다.

2019. 12. 8.
환하게 빛나는 대낮. 눈부신 태양과 시퍼런 바다를 바라보며.

제2부 남해의 노래

봄 바다 살비린내

봄 바다
손버릇 그나마 부드러운 안개가
겉살을 훑으며 가쁜 호흡에 피어오를 때
파도는 짜릿 출렁거렸다

봄빛살
속내를 드러내어
파도 머리에 이빨 자국을
아프도록 하얗게 꿰어 나갈 때
어둠 속 바다 살덩이는 몸을 떨었다

봄앓이
뭍의 검버섯 숲
숲으로 거뭇거뭇 해송 사이로

봄치마
분홍빛 벚꽃은
바다 살비린내로
몸 뒤틀며 꽃송이를 찢었다

2019. 3. 21.

어제는 종일 비가 내렸다. 미세 먼지도 말끔히 가셨다. 아침부터 싱그러운 봄 바다에 바람이 살랑거린다. 바다의 얼굴이 환하게 웃으며 하루 내내 얼굴색을 바꾼다. 수평선 너머 아스라이 먼 섬들이 자꾸 손짓을 한다.

점 하나

흘러
이어지는
점……점점……점점점

있지만
보잘것없이
부피도 면적도 무게도 없는

점 하나

있음으로
사라지지 않고
선으로 이어져 흘러가는

아침마다
있음을 삼키며
불덩이로 타오르는

우주 전체로
점 하나

나

2019. 4. 6.
아침 바다가 뿜어내는 불덩이의 열기와 빛을 온몸으로 느끼
며…….

일출

붉은 가슴에
얼굴을 파묻고
숨을 쉬고 있나이다

빛소리마저
방울방울 할딱거릴 때

그대
순간이여

발목을 부여잡고
온몸을 던져 안간힘입니다

2019. 5. 4.
파주에서 남해로 돌아온 이튿날, 떠오르는 아침 해를 보며…….

彌助島의 하지

지금껏 달려왔다
부풀어 오르기만 했던 뜨거움

쉼 없이 세차게 빛을 만들었다
무한의 어둠은 빛으로 얼룩졌다

울긋불긋 손 가는 대로 덧칠한
그림들이 온 누리를 덮었다
찢고 부수고 감췄다

걸어온 길들이
생각들이
바벨탑이 되었다
그리고 되풀이해서 무너졌다

선택은 언제나 당신이 하는 것
삶의 짓거리가 정점에 오른
일흔 살 하지에
미륵섬 어깨에 기대어
끝내 희망으로만 그려 본

빛을 하늘 끝까지 밝혀 본다

하늘이여!

주름살 가득
늙은 구름은 새벽부터 나를 괴롭혔다
안간힘에 구름을 깨고
붉음을 뿌렸다
울먹울먹 메마른 노래의 빛방울이
바다 위로 흐드러졌다

기다랗게
환하게
그리고 뜨겁게,

바다는 眞如요, 파도는 無明이라
무명의 빛방울은
희디희게 탈색되었다

천천히 기울어

돌아갈 길만 남았을까

내가 뿌린 빛에
여름은 시작되고
태풍도 불어올 거야
기억들은 뜨겁게 세상을 달구겠지

회색 바다는 에메랄드빛을 지웠다
섬 뒤로 바다 그림자
어둡다

彌助,
미륵이 손길을 내민다

2018. 6. 22.
어제 아내가 파주로 떠나고 난 후, 우울한 심정을 달래며.

水墨의 비 오는 바다

빗줄기를 휘잡은
거친 호흡의 붓질
濃墨으론 성이 차지 않아
파도가 화면을 하얗게 지우다

끝내 그려야만 하는
바다와 하늘
탈색의 無
淡墨으로도 다가설 수 없는 숨결

휘감아 몰아치는 비안개를 찢어
線描를 거부하며 飛白으로
직립한 등대
불 꺼져도
꼿꼿이
바다를 거머쥐다

끝내 지울 수 없는
불나비 波浪의 아픈 날갯짓
破墨으로 찍히는 점점점 섬들의 외침

붓질은 안간힘에
온몸이 퉁퉁 부어오르다

2017. 8. 10.

펄떡이는 숭어

남해 미조 앞바다
숭어 떼가 한창이다

잡혀 뭍으로 나오자마자
성미를 못 참아
죽어 버린다

어느 늙은 숭어는
아홉 꼬리 달린 여우다

아침에
어깻죽지 아래로
하얗게 비늘이 돋는다

껍질과 살덩이는
횟집에 보시하고

온몸에 말씀들이 솟아난다
은빛 비늘을 반짝이며 하늘로 비상한다

보살이 될 수 있을까

밤마다
어깻죽지 사이
푸른 바다 속에 숭어 떼가 뛰논다

비린내가 하늘과 땅을 덮는다
나무아미타불, 펄떡이는 숭어 떼가 모두 부처다

2019. 9. 19.
미조 앞바다, 붉은 해가 산머리에 솟는다. 벌써 해가 짧아진
다. 나도 그러려니……. 해는 바다에서 놀고 있었을 때, 더욱 붉
었던 한창 시절을 기억할까.

미조 앞바다

쪽빛 말간 마음
울퉁불퉁 세월에 시들었더니

서러웠구나

남쪽 바다 아득히
몸 살라 물감으로
그림 한 장 걸었네

아기 얼굴이었을까

하늘마저 덧칠해
쪽빛보다 파랗구나

2016. 10. 10.

바다 낮빛

바다가
파랗다 못해

돌아 버렸다
까맣게

빛으로, 살면서
빛으로, 있음에 숨 쉬면서

죽어 보려고,
스스로를 부정하고 싶어

바보
멍텅구리
그대만의 흑청색으로

2019. 10. 15.

한낮 짙푸른 바다 낮빛에 마냥 홀려 있다가 지쳐 눕다. King Crimson의 「In The Court of The Crimson King」을 듣다가 벌떡 일어나서⋯⋯.

겨울 바다

겨울 바다는
얼음을 보이지 않았다

결빙을 거부하는
짜디짠 결기의 심연

빙하보다 무거운 흔적들의
새파란 빛

지난여름 파도는 광풍을 빌려
바닷가 벼랑을 밀어붙였다
치고
때리고
두들기고
온몸을 으깨도록
반복되었던 일상의 돌진

파도 머리 흰 거품은
깃발의 찢기는 그림자였다

숨죽여 흐느껴도
메아리 없는 삶의 찌꺼기들

통증이 사라진 지는 오래,
바다는 말이 없는데
바다는 천변만변 그래도 하나인데

갈래갈래 찢긴 그림자들
가슴에 품어
아픔도 모르고
슬픔도 없는데

바닷가
갈매기와 왜가리, 검은 까마귀 떼
졸고 있는 늙은이는
점점이 피안의 풍경으로 사라져 가고

깃발은 저 너머 펄럭였다
어제도 오늘도
죽음에 이르도록 언제나……

2017. 12. 2. 남해 바닷가 초겨울 새벽에.

나이 들어서일까. 지나온 세월의 궤적이 자꾸 되돌아진다. 시간의 흐름이 잔인했을까. 아마도 삶을 마주하는 나의 존재가 치열했을까. 시를 끼적거리고 다시 읽어 보니 부처의 一心開二門이 떠오른다. 眞如門과 生滅門은 하나라는데, 거품이 이는 파도는 無明이라는데, 바다가 眞如이고, 眞如는 언제나 하나로, 파도가 일던, 태풍이 몰아치던, 언제나 하나라는데, 그게 정말일까?

눈길을 비워라

것들이
하늘이 새까맣도록
덮쳐 오는 눈길을 의식하지 마라

냄새에
꼬락서니에
왁자지껄 소리에
울긋불긋 떡칠하며
춤추는 눈길의 바다에 빠지지 마라

너도
그들을 쏘아보아라
레이저빔으로 하나하나 격파하라

오가는 눈길
부딪쳐 불꽃 튀기며
꼴들이 뭉개어져 신음할 때

것들에 침투하라
차라리 안고 넘어져라

너의 눈길과 것들의 눈길을
믹서기로 끝까지 소리 없이 갈아 내라

가루가 반죽 덩어리로
멈춤 없이 부풀어 우주를 채울 때

눈길은 사라지려니
눈길에서 벗어나 하나가 되려니
깨어지는 빛들은 깊은 어둠의 잠이 되어 뿌려지려니……

2017. 3. 4.

불두화 변주곡

1. 聲聞乘

흰머리 낮달이
부처님 말씀에 꽃송이로 피어나다

2. 緣覺乘

붉은 보름달
계수나무 한 그루
토끼가 빛을 담아 절구질을 하다

3. 菩薩乘

밤인들 낮인들
하늘도 그러할까
저절로 스스로 그렇게
부처님 마음이 본디 절로 그런가 보다

봄이면
하나의 마음에

아무렇게나 스스로
어디서나 피어나는 하얀 불두화

2017. 5. 19.

관세음보살 불두화

낮달
흰머리 부풀어

무량수전 석등이
천년이나 불 밝히지 않아도

구부정하게
아래로 처지며

월인천강
그림자 없이
천 개의 손으로 어루만지며
젖은 눈시울마다 환하게 밝아 들다

2017. 5. 19.

낮달이 불두화다

어둠에
번뇌를 삼켜
찢어질 듯 팽팽한 보름달

어제는 초승달
내일은 그믐달
하늘 아래 언제나 별인데

지워도 지우지 않아도
내려도 내려놓지 않아도
비워도 휑하니 비우지 않아도

밤을 헤쳐 품고
번뇌를 삭혀 마신 낮달 하얀 불두화
꽃송이 하나하나 부풀어 스스로 둥근 하늘이다

月印千江
달을 품은 가슴마다
누리에 꽃잎마다 꽃잎마다
하얗게 대자대비 관세음보살

향내 없이
탈색을 하지 않아도
본디 무색이 색인 것을

낮달 먹은
처마 밑 풍경이

그렇구나
그렇구나
흔들려야 소리가 나는구나
꽃을 피워야 향을 알고 색이 보이는구나

불두화
꽃손이 천 개다

2017. 5. 19.

일흔이 불꽃을 품을 수 있을까

일흔 살이 지나가며 나를 팽개친다
난 어떡하라구!

녀석이 거들떠보지도 않는
허접스런 잔해들
재활용이 되지 않은 쓰레기들

재선충이 갉아 드는 솔숲, 솔나무, 솔가지
솔가리 하나의 이야기는 결코 아니다
미세 먼지 나쁨의 착각은 아니겠지

바짝 마른 불임의 솔방울도
연둣빛 과거를 삼킨 지 오래……

일흔은
그냥 그런 줄 알았던 숫자의 합
하나, 둘 또는 셋을 게걸스럽게 먹었을까

일흔은 겹겹의 갑옷을 두르고
삶을 앞세워

영원의 손짓 따라 한 걸음 두 걸음……

나뒹구는
七十而從心所欲不踰矩

몰랐다
숫자를 헤아리는 셈법을,

일산 라페스타 거리엔
숫자를 모르는,
숫자를 헤아리지 않는,

브라보!
새로운 싹이,
새로운 살꽃이 비늘도 없이
흐느적거리며 도로를 흘러가고 있다

키득거리는 네온사인들이
알파벳 컬러들을 어지럽게 찢는다
욕망이 썩어 잘 삭은 살덩이들

거추장스런 갑옷일랑 찢어 버리고
벌거벗은 채 방패도 없이
창칼을 들고 날뛰는 냄새들

순간만, 오로지 이 현재만
있음,
살아 있음,
살아가고 있음,
뜨겁게 엉켜 드는 몸짓이 있는 거야
저들은 벌써 치매에 걸려 과거를 모르는 거야

일흔아
부끄러워도 허리를 굽혀
떨어진 능소화를 주워야겠지
주름 하나 허용치 않는 그 새파란 주검을
묘비명으로 새겨야겠지

일흔이 버린 일흔아
힘껏 소리쳐라

일흔이 내미는 손길을 거부하라
도망치다 잡힌다면
차라리 염습을 생략하고 화장터로 직행하라

2017. 7. 23.

忘我

눈을 감는다

꿈

벗으니 가볍다

2018. 3. 8.
남해 바닷가를 산책하며.

새벽의 까마귀

빗방울에
빗소리에

검은 추위에
온몸을 웅크려야 했다

밤새
한 방울 빛도 없이
까마귀라는 멍에를 되뇌었다

젖은 꼬리는
비가 내릴수록
무거운 몸에 나뭇가지는 휘었다

어둠
새까맣게 삭힌 빛의 기억들

외쳐라
부정하라
으깨어 삼켜라

빛을 일으켜 날아가라

가슴에
터 오는 아침
서걱거리는 빛소리에
날카로운 부리는 하늘을 향하고

검은 눈동자는
홀로 새까맣게 빛이 났다

2018. 5. 18.
비 내린 후 안개로 뒤덮인 바다를 바라보며, 박대엽이 보낸 까
마귀 사진에 붙이다.

태풍이 몰아치는 새벽에

눈길이 멀게 닿는 곳
미조리 부둣가 상록수림에는
사람들이 늘 푸르게 풋풋하게 살아간다

느티나무, 생달나무, 감탕나무, 식나무, 굴피나무, 광나
무, 쇠물푸레, 참느릅나무, 후박나무, 팔손이, 돈나무, 때
죽나무, 산돌배, 말채나무, 말총나무, 졸참나무, 굴참나무,
사스레피나무, 육박나무, 참식나무, 천과나무, 팥배나무,
이팝나무, 쥐똥나무, 조록싸리, 예덕나무, 찔레나무, 생강
나무, 보리수, 검양옻나무, 화살나무, 누리장나무, 조피나
무, 그리고 계요등, 댕댕이덩굴, 칡, 개머루, 맥문아재비,
도깨비고비……

명찰 달고
나와 악수한 사람은
손가락으로 꼽을 정도

이름을 지녔지만
면사무소에 등록되었을 뿐,
그대들은 먼발치에서 아른거리는 사람들

오늘 새벽
몰아치는 태풍
미쳐 날뛰는 비바람에
남이라도 괜스레 걱정이 된다

먼 곳이지만
잘 버텨야 하는데,
쓰러지지 말고 잘 살아야 하는데……

2018. 10. 6. 이른 아침에.
태풍 콩레이가 한껏 사납다. 나무들이 몹시 시달리고 있다.
걱정이 된다.

이 세상에서 제일 좋은 거

삶은 두근거림
새털구름처럼 가느다랗게 하얗지만.

삶은 느낌
널려 있는 삶들 속에
수평선 저 너머 돛단배로
삶 하나가 너의 동공을 뚫고 자리를 잡을 때,

너는
아프게
아련하고
아득하도록
감염되는 거야
눈물의 강이 가슴에 패여 협곡을 만들지.
너의 조그만 삶에 사람들이 눈물을 흘릴지 몰라

어둠의 강도 있어.
검은 돛단배들이 흐르지.
그건 빛이 그렇게 나타날 뿐이야
어둠은 빛이 틈새로 잠깐 등을 보인 거야

싫더라도
힘이 부치더라도
평면의 선을 따라가면 안 돼
둥실둥실 멋대로 공중을 날아다녀 봐

높아?
깊고 넓어?

갈대꽃마냥 외롭고 쓸쓸하더라도
추위는 네가 견뎌야 돼.
아래를 훑어보다가
내키는 대로
아무 데나
아무렇게나
멋대로 발을 내리면 되지

얼마나 좋아?
민들레 꽃씨처럼 그렇게 산다는 게……

좋으면
좋은 것을 보고
좋은 것을 부르고
좋은 것을 골라내서
좋은 것을 생각하면서
좋은 것을 자꾸 새롭게 만들어 내지

이 세상에서 제일 좋은 거?
사는 거,
살아 있는 거,
살아가고 있는 거,
숨 쉬며 너와 함께 살아 있는 거.

2018. 10. 9.

어제 남해 바다가 하루 내내 수십 차례 얼굴색을 바꾸는 것을 바라보았다. 세상살이가 다 그럴까. 아침에 어느 늙은 남정네와 손자가 단둘이 살아가는 모습을 텔레비전에서 보다가 그 집 처마 밑에 어느 봄날 날아온 제비들이 둥지를 만드는 것을 보고, 어린 시절의 기억이 바다 수면을 뚫고 올라오는 것을 쳐다보다가 그만······.

세밑의 안부

정오엔
그림자를 보지 못했습니다

한낮
눈앞에 펼쳐진 유혹은 뜨거웠습니다

그림자는 마냥 숨어
세월을 갉으며 숨을 삼켰습니다

기우는 해거름엔
슬며시 나도 모르게
그림자가 몇 배 늘어지네요

감당치 못한
아쉬움과 그리움이
걸어온 만큼 쌓입니다

그림자가
어둠으로 떠나갈 거래요

하늘엔 총총
그대들의 얼굴
빛으로 반짝이겠죠

가물가물 기억을
안간힘으로 붙들며
세모에 소식을 전하는 까닭입니다

2018. 12. 30.
하루의 새벽을 여는 붉은빛이 온 누리를 감싸 안는 순간에, 총
총 섬들이 점점 환해지는 얼굴을 바라보며…….

屍

사람이 것이 되었다
주검은 것

까마득히
오래전부터

하늘과 땅
그리고 바다에서
둥둥 떠다니는 것들

것이
이것, 그것, 저것이 모두

비바람으로
안개로
햇살
가득 그대 가슴을 채우더니

기어코
기억의 것으로 스며

눈시울을 붉히게 만드는……

2019. 4. 12.

밤새 잠을 설치고 뜬눈으로 누운 채, 부모님들이 떠나가시는
순간들을 떠올리며…….

한 여자와 한 남자
—아내에게

한 여자가 한 사내를 사랑하고
한 남자가 한 여인을 사랑하고

살붙이의 살냄새
살눈썹에 웃음이 살갗비단이다

오래된 돌담과 이끼
캔버스에 푸르른 그림자들이 춤을 춘다

화면에서 울긋불긋
다시 하늘빛으로 날아가는
다큐 영화의 마지막 장면에서

아니야.
사랑의 영사기는 영원히 돌 거야.
멈추지 않을 필름을 언제나 찾고 있다

2019. 5. 4.
남해 멸치축제로 요란스러운 밤에 재즈를 들으며.

消失點

점점이

점점

.

......

먼 훗날

그대

다시 언어로 태어나려니

2019. 5. 18.

언어와 사유가 나이 들어 점점이 멀리 소실점에 다다른다. 멀리 수평선은 비구름에 숨어들고 우주가 하얀 덩이인데, 彌助에 부처님이 보우하사 가뭄에 시달린 대지들이 거센 빗줄기에 흠뻑 젖어 든다. 저 빗방울들은 아마도 중생이었던 영혼들이 점점이 사라졌다가 다시 태어나는 것이려니…….

사람을 긍정하라

동트며
하루는 또, 또, 또
하루를 붉게 맞이한다
어제를 까마득히 잊은 늙은 바보처럼……

하루는
환하리라
뜨겁게 달궈지리라

사람임에
숨 쉬고 있음에
그대와 나도 진정 사람임에
아프도록 순간을 두 손으로 받들면서,

헐떡거리는 정수리 위로
내리꽂으며 파열하는 아침 핏빛을 마중하라

그대,
사람을 으스러지도록 품으며 하루를 걸어가리라

울음을

그림자로 남기면서……

2019. 7. 12.

　장석원 시인과 이찬 평론가의 카카오톡을 읽다가 불현듯 떠
오른 詩象을 끼적거려 본다.

물음이 사그라지다

물으니 도망가고
물으니 멀어지고
물으니 사라지고
물으니 또 아파 온다

나이 들어 슬그머니 다시 물으니
가는귀에 웅얼거리는 빛 그림자 아스라이……

수그러드는 물음에
사그라지는 존재의 기억은
어둠의 제자리로 되돌아감이니
그대 손끝 저 멀리 뻗쳐도 닿을 수 없는 곳이려니

붙잡으려도
수전증에 시달리는 언어
기호의 강물에 뗏목 없이 떠내려가다

흐름에 맞서
정신을 차릴까
그냥그냥 받아들여야지

쳐다보는 눈길을 거두어야지,
물음이 시내를 이루어 망각의 바다로 사라지겠지……

2019. 8. 14.

이웃 나라 일본과의 갈등이 한층 격화되고 있다. 역사의 되풀이일까. 전 지구적 힘의 추가 동아시아로 점점 기울어지는 상황에서 한국과 중국 그리고 일본이 서로 자리와 몫을 다투고 있는 것일까. 오늘 날씨는 33도에 이를 것이라는 예보다. 아침 바다를 바라보면서, 이 모든 현실을 넘어서는 나이와 존재에 대한 물음이 머리를 맴돌다.

붉게 호흡하다

꿈과 죽음이 사이좋게 누웠던 밤이
붉음에 쫓기더니
붉음은 기어코 밤의 살덩이를 수평선 아래로 묻는다

붉음으로 휩싸인 태반이 찢기며
울음소리가 시뻘건 피로 물이 들다

붉음은 미치도록 붉거져 자기를 삼키더니
누리에 노랑으로 산산이 부서지다

붉은 아가를 씻으면 안 돼
아가가 어른이 되면 무서워
아가야 너는 천년만년 핏덩이로 붉게 살아라

붉음을 삼켜 노랗게 빛바랜 대낮
호흡이 가쁜 사람들이
거리를 메워 흐른다

유체 이탈의 허수아비들
조립된 로봇들

붉음이 아프다고 소리를 친다
꺼내 달라고
나가겠다고
아니면 차라리 지워 달라고
종로 거리 소리뭉치들은 들어줄 귀가 없다

휘어진 하늘길 따라
삶은 존재를 굶주린 채
하루의 노동을 마감한다

게걸스러웠던 한낮이 붉음을 토해 내고
붉음은 늙어서야 몸을 어둠에 뉘인다
시뻘건 서러움이 하늘을 덮는다

2019. 8. 31.
일출을 보다. 오늘따라 해 뜨기 전의 먼바다 하늘빛이 유난스럽게 붉다. 그 붉음이 천천히 일출과 함께 노란빛으로 변하다.

늙은이의 눈물샘

툭하면 터지는
꾀죄죄한 슬픔이 우주만큼이다

나이 들어 여리고 작아진 눈물은
하늘의 별이다

마른 주름 사이로
별들을 삼킨 은하수가
가슴에 블랙홀로 휘돌아 혹이 된다

늙은 바보는
굳어 불거진 혹으로 세상 놀이를 한다

못났다

오늘도 TV를 보다가
탄생하는 방울방울 별자리들이
리모컨 따라 시간 속에 춤추며 흘러간다

잠자리에 누워

별자리에서 별자리로
돌아오지 않는 강 건너
하늘에서 노 젓는 꿈을 꾼다

2019. 9. 18.
눈물샘이 고장이 났나 보다. 고칠 수도 없다. 늙은 탓이려니…….
음악은 브루크너의 7번 교향곡 2악장을 듣는다. 그래야 할 것이다.

덩어리

지나갔다, 지나간다, 지나가다, 지나다
떠났다, 떠난다, 떠나가다, 떠나다
그냥 사라지는, 사라져 버리네
가는 게, 가버린 게 ……일까
……이었어, ……였을까
무색, 무취, 무미의
덩어리

갔을까
보냈을까
잡지도 못하고
붙잡을 수도 없고
지금껏, 지금까지 살아온,
지금, 바로 지금, 앞으로도 지금이 다가서는,

너는 덩어리
왜 가기만 할까
덩어리들이 수북이 쌓인다
덩어리가 덩어리 속을 헤맨다

덩어리 속에서
덩어리를 삼키다가
덩어리에 짓눌려 질식하고
숯덩이가 돌덩어리가 되고 암석이 되어

언제인가
화산으로 폭발하겠지
화산재로 시꺼멓게 하늘을 가리고
시뻘건 용암으로 덩어리들을 불태우며

덩어리로
소리를 지르겠지
우주를 덩이덩이 덩어리로 채우겠지……

2019. 9. 30.
태풍 미탁이 다가온다는데 9월의 마지막, 남해 하늘은 바다
얼굴을 따라서 마냥 파랗다. 아침부터 무거운 덩어리가 온몸을
짓누르다.

낯선 삶

살아 있음이 서먹서먹할 때
살아가는 자들이 낯설 때

내려간다
바닥은 뚫려 있다
바닥 아래 바닥 다시 바닥
바닥은 어둠 속 영원한 추상을 통과한다

올라간다
허공은 열려 있다
허공 위에 허공 다시 하늘
허공은 그림자도 없는 천정을 나부낀다

내려가며 헛디딘다
올라가며 미끄러진다

빛은 어디를 비추고 있을까
붙잡을 밧줄은 있을까

내려감과 올라감을 멈춘다

그렇게 살고 싶다

수평선과 지평선이 펼쳐지는 곳
꿈속에서 허우적거리다가
깨이면 사라지는 곳
그곳에 살고 싶다

어둠이 빛이고
빛이 어둠인 세상에 살고 싶다

낯설음이
서먹서먹함이
삼켜지는 평면에서 살고 싶다.

선 낯에
아가 때부터 울었다
울음이 넘쳐 무너질까 봐
휩쓸릴까 봐 두텁게 쌓아 올린 둑이
늙어 숭숭 바람이 드나들어 헐겁게 흔들린다

시리다

살고 싶다

물기에 젖어 든다

일흔이 넘어서도 눈망울이 쉬이 넘친다

2019. 10. 13.

메모를 시편으로 정리하며 푸른 바다를 쳐다보다. 살아서 숨을 쉬고 있음이 싱그럽다.

사랑

사랑은 흐른다
아래로
낮게

틈만 있으면 찾아든다
낮을수록
급하다

마른 것은 적시고
모자란 것은 함께 부풀어 흐른다

사랑은 마중물이다
내린 물의 손을
맞잡는다

미소로 몸집을 불리며
온 누리를 감싼다
강물이다

2019. 10. 23.

하늘과 바다가 온통 회색이다. 그럼에도 밝고 맑다. 부처가
든 연꽃은 사랑이다. 가섭의 염화시중의 미소는 마중물의 사랑
이다. 萬法이 사랑으로 흐른다.

그냥그냥 끼적거리던 어느 날

1. 베토벤이 병에서 일어나 심신을 추스르며 하느님께 드리는 감사의 노래, 현악사중주를 들을 때, 바이올린, 비올라, 첼로가 사람소리로 들리다가, 그게 다시 우주의 소리로 울리다가, 끝내 소리가 소리를 비우고 그냥 소리로만 다가올 때

2. 간밤 폭풍우에 떨어진 땡감과 감나무 잎이 수북이 쌓인 새벽길을 저벅저벅 걸어가며 발밑에 으깨어지는 소리, 밤이 깨어지고 시간이 터지는 소리를 들을 때

3. 밤바다를 비추던 등댓불이 한낮에 꺼져 있어 불을 잃은 등대는 얼마나 심심할까 안쓰럽게 보일 때

4. 소리가 소리인 줄 모르고 소리를 찾아 헤매다가 소리구나, 소리구나, 네가 소리구나, 소리를 부르며 사라질 때

5. 어릴 적, 비바람이 몰아치면 철사를 엮어 만든 망태기 들고, 우비 뒤집어쓰고 개울 도랑에서 물고기들을 잡던 때, 한 초롱 가득 잡고 시시덕거렸던 그 시절, 얼마나 많은 생명들을, 수천 마리 수만 마리를 잡아먹었을까 생각하며 아침 식탁에 생선구이를 놓았을 때

6. 눈물샘을 막아 주던 둑방이 늙고 낡아 구멍이 숭숭 자꾸만 터질 때

7. 늙어서만 보이는 것들을 상품화해서 가판대에 내놓

아도 전혀 팔리지 않아서, 웅크리고 쪼그리고 앉아 고개를 무릎에 파묻으며, 이걸 팔아야 먹고사는데, 하나라도 팔려야 늙은이가 사는데, 아프게 중얼거릴 때

8. 파도는 깨어지고 부딪쳐야 흰 머리를 보이는데, 늙은이도 그러할까, 얼마나 깨어졌기에 이리도 하얗게 되는가 궁금해하며 머리를 만지작거릴 때

9. 베토벤보다 훨씬 늙은 내가 마른 울음을 안으로 숨기면서, 겉으로 소리를 뱉어 내며, 아득히 영원으로 통하는 소리를 흉내 내고 있을까, 스스로 물어볼 때

10. 잠자리에 누워 이게 마지막 잠일까, 잠에서 깨어날 수 있을까, 그랬으면 좋겠다 하면서도, 아침에 일어나 동녘 바다 해가 붉게 떠오르는 것을 응시할 때

11. 신혼 시절 아내의 화사한 얼굴을 사진으로 바라볼 때

12. 어두운 새벽에 줄을 지어 먼바다로 향하는 고기잡이배들을 창밖으로 바라볼 때

13. 집 안으로 들어온 날파리나 벌레들을 선택적으로 잡아 죽이거나 살려 줄 때

14. 보살이었을까, 태어남이 보살일까, 삶이 진정 보살일까, 정말 보살일 수 있을까, 죽어야 보살이 되는 것일까, 언뜻 머리를 스칠 때

15. 냉장고 열어 보니 철이 지난 자두가 보여 얼른 시장기 때우려 한입 깨어 물자 시큼한 여름이 한꺼번에 다가오며 사람임을 깨우치게 할 때

16. 사람들이 알아야 하는 것, 왜 그렇게 많을까, 알면 알수록 갈등은 커지는데, 욕망은 부풀어 오르는데, 왜 배우고, 왜 닦고, 왜 지키고, 왜 활용하고, 드러내고, 보여 주고, 또 버리고, 망각하고, 시달리다가 기운을 내고, 왜 힘이 있는 척해야 할까, 왜 나는 사람일까 한 번쯤 생각할 때

17. 이렇게 끼적거리다가, 아 이거 시편으로 구성하면 되겠다 말을 고치며 딴전을 부릴 때

18. 시란 무엇일까 괜스레 슬쩍 생각해 볼 때

19. 갑자기, 바보 같은 베토벤, 바보 같은 베토벤이라고 혼잣말을 되뇔 때

20. 끝내, 쇼스타코비치 현악사중주 15번을 틀고, 엘레지-세레나데-간주곡-야상곡-장송곡-에필로그, 여섯 악장을 몽땅 아다지오로만 들을 때, 바보, 머저리, 멍청이, 멍텅구리, 겁쟁이, 왜 살았을까, 일흔이 되도록 그래야 했을까, 누구는 어떠할까, 휙 무엇인가 머리를 스쳐 갈 때

21. 그래도 지금 숨을 쉬고 있구나, 꼬집으면 아픈 살을 갖고 있구나, 새삼스레 느낄 때

22. 때, 때, 때들이 쌓이고 무너지고, 또 때, 때, 때가 앞서거니 뒤서거니 흐르고, 때가 때일 수 있을까, 때가 때일까, 때가 스스로 물어볼 때

2019. 10. 13.
어제 파주에서 돌아오다. 바다가 파랗다 못해 돌아 버려 흑청색으로 검게 먹을 뿌려 놓은 듯, 아무 말 못 하게 하는 아침에…….

흰 돌이

흰 돌이 흰 돌이 흰 돌이 흰 돌이 흰 돌이 흰 돌이
흰 돌이 흰 돌이 흰 돌이 흰 돌이 흰 돌이 흰 돌이

흰 돌이 있었다
흰 돌이 있다
흰 돌이 있을 것이다

하얀 돌이 하양 돌이 흰 돌이 허연 돌이 새하얀 돌이
그건 검은 돌이 검정 돌이 까만 돌이 흑색 돌이
아니야 새까만 돌이

모래알도 자갈도 돌멩이도 돌조각도 돌무더기도
작은 바위 큰 바위 너럭바위 거석이나 암석도
절벽도 암봉도 북한산도 한반도도
지구도 떠돌이별도

모두 돌인데
돌들 속에

흰 돌이 어제부터 눈 흰자위가 벌겋다

아니 태어날 때부터 눈시울이 젖어 있었다

희어야만 했을까
누가 돌 하나를 희다고 말할까

흰 돌만 보이고
흰 돌만 생각나고
먼 옛날부터 흰 돌만 다가오고

끝내 흰 돌이 되어 버린
하얀 돌로 장승처럼 굳어 버린

하얀 돌이 하얀 돌이 흰 돌이 허연 돌이 새하얀 돌이
모래알로 부서져
흙으로 가루가 되어

먼 훗날 검은 돌로 붉은 돌로 보랏빛 돌로
화강암으로 편마석으로 대리석으로
울긋불긋 멋대로 태어날 수 있을까

2017. 4. 13.

의미의 값을 계산하기

1.

ㄱ ㄴ ㄷ ㄹ a b c d
ㅎ ㅎ ㅎ ? ? ? ! ! !

랄미도시게소달오값질국맘
우 질 겅 절 멩 도 세 파 치 무
우질겅, 절멩도, 세파치무
무치 풀걸 칠먼 딴두 세쩔민겔

값 무 산 집 빵 발 손 발 눈
눈발 무값 빵집 손발 무산

나는 아침부터 저녁까지 말을 하며 살아간다.
는나 터부침아 지까녁저 을말 며하 다간아살.
살아간다 저녁까지 하며 말을 나는 아침부터

2.

나는 한 사람

당신도 사람 하나
그도 그녀도 모두 하나

하나가 책을 보고 있다
하나는 지하철에서 졸고 있다
하나 또 하나도 스마트폰을 쳐다보고 있다

지하철은 하나들만 싣고 달린다
역에서 숫자가 쏟아져 나온다
나도 당신도 그도 그녀도

나는 사람들 속에 있다
사람이 사람들을 구성한다
당신이나 다른 사람들은 숫자의 놀이다

놀이로 구성되어야 의미를 지닌다
당신은 의미 없이 하나다
의미는 전체다

너의 눈길을 아무도 모른다

너의 눈길은 전체가 아니다

시간이 흐른다
불개미들이 앞으로 앞으로!

종로역에서
당신의 이름은 쓸모가 없다
개찰구에서 당신은 하나로 계산되어 앞으로 앞으로!

계산의 합이어야 의미를 지닌다
합이 열차가 되어 앞으로 앞으로!

개미는 개미
개미 한 마리는
개미로 지칭될 뿐이다
불개미 떼에서 개미 하나를 떼어 놓지 마라

3.

시인은 대열에서 이탈하여

낙오한 개미

개미 하나
사람 하나
하나가 전체다
하나로 불러 다오

2017. 5. 11.

음악이여 입을 열어라

장석원(시인)

*

이 시집의 형식은 음악이다. 정교하게 배치된 '소리'의 서사시이다. 시적인 것—우리가 생각하고 받아들이는 시와 시집의 보편적 특징—의 영역을 극한으로 확장하는 전위적 면모를 경험한 후, 우리는 이렇게 정의한다. 황봉구, 아방가르드. 『허튼 노랫소리』, 프로그레시브 메탈(progressive metal). 100편의 "산시(散詩)"(「시인의 말」)로 구성된 컨셉 앨범. 소리의 서사를 지휘하는 시인. 시들의 무연한 집합이 아니라 치밀한 기획으로 짜인 교향곡. 고원에서 다른 고원으로 이동하는 선분이자 여기와 저기 사이에 놓인 다리, 이전 시집의 시들, 간주곡들. 자유로운 인용으로 구축한 탈주선들. 그리하여 정주를 거부하는 하나의 다양체가 늑대 떼처럼 우리에게 다가온다.

*

음악은 이 시집의 결절점이다. 음악으로 응집시킨 소리
의 한평생, 시인의 일생. 그 길을 따라간다. 제1부 '허튼 노
랫소리'에 골조(骨組)처럼 박혀 있는 음악의 구근들을 찾아
간다. 황홀한 예술적 체험과 지적 열락의 극점이 우리를 기
다린다. 여기 "시로 쓰인, 시로 불리고, 시로 읽히는 노래"
가 있다(「시인의 말」). 『허튼 노랫소리』에는 핏줄처럼 뻗어 나
간 시들. 숫자로 구획된 시들의 주체는 소리.

*

첫 시 「사람소리」에서 시인은 사람과 소리를 일치시킨다.
"사람이 소리이고/소리가 사람이다". '소리=생명=사람'이
한 덩어리이다. 뜨거운 영혼에 접속한다. 곧이어 만나는 구
절 "소리가 만물을 낳고, 만물이 소리이다"에서, 소리가 우
주의 본질적 요소라는 것을, 다양한 생김새로 복수(複數)적
존재로 그것이 출현할 것임을, '빛소리, 소리빛, 소리꽃, 소
리파도'의 모양을, 단박에 포착한다. 1악장, 주제 선언이 끝
났다.
첫 번째 간주곡, 「숨소리」. 이전 시집 『물어뜯을 수도 없
는 숨소리』에서 인용한 작품. "마르고/마르다가//팽팽하
게/바위처럼 단단"한, 순수한 촉각의 대상으로 바뀌어 피
막(皮膜)이 되고 만, 육박하는 사람의 숨소리가 들린다.

'율파'가 탄생한다. "율파의 떨림은 울음이었다."(〈4〉) 시인은 생명의 소리를, 음악의 소리를 주체로 규정한다. "그대가 들어주기를 바라는 소리들이 지천에 널려 있어. (중략) 지금 밖에서 당신을 기다리며 소리들이 줄을 지어 서 있지. (중략) 어둠은 온통 소리였어. 소리는 당신의 눈길이, 손길이 배고팠던 거야." 행으로 분리한 연과 분리하지 않은 연을 자유롭게 혼합한다. 소리는 생명이다. 소리는 온누리의 주체이다. "소리 어머니"가 "차이의 파동, 율파"를 만든다. "소리의 우주"가 보인다.(〈5〉) 이 시집의 주어이자 목적어이자 서술어인 '소리'의 원환적 배열을, 뜨거운 소리의 '덩어리'를, 세계의 생명을 지칭하는 말이면서 이 시집에서 규정되지 않고 무한하게 변화하는 소리의 '다양체'를, 우리는 만난다. 소리빛, 소리덩어리, 소리덩치, 덩치소리, 소리뭉치, 소리짓, 생소리, 날소리, 빛소리. "시간의 몸짓/소리의 춤짓"이 "폭발"한다.(〈11〉) 소리는 "태어나면서 울었다." "소리울음이 그대와 나를 오갔다."(〈12〉) '소리-생명'의 일생이 시작된다. "신명소리/생명이 꿈틀거리는 소리"가 커져 "생명의 불꽃소리"가 된다. "영산회상"과 "청성자진한잎"이 "하늘과 땅"을 채운다.(〈13〉) 소리의 "향연"(〈16〉)을 통과한다.

두 번째 간주곡. 음악의 본질을 정의하는 『예기(禮記)』의 한 부분이 삽입되었다. 다른 텍스트의 침입. 소리-총알이 시를 뚫고 나간다.

시의 숨통에서 "그르렁하며 올라오는 소리"가 보인다.

낡은 시가 죽어 가는 소리, 새 시에 그려지는 "꽃무늬 소리./노랫소리."(〈17〉) 드디어 고유명사들이 모습을 드러낸다. 말러, 9번 교향곡 1악장. 베토벤, 현악사중주 Op.132. TOOL, 「Undertow」. 시인은 이들에게서 "소리빛"을 듣고 본다. "그래도, 그래도 눈물이 납니다./그냥 울겠습니다"라고 고백한다(〈19〉). 음악이 그의 심장이다. 음악을 선택했기 때문에 "소리앓이"에 빠질 수밖에 없었던 시인이 "소리앓이는 느낌앓이"였다고, "소리앓이"가 "소리살이"였다고 말한다. "소리살이가 끝남은 죽음이 아니"다. 죽음은 "영원한 소리앓이로 바뀔 뿐"이다. "소리는 흐를 뿐"이다.(〈20〉) 21번, 「존재의 무거움」에 도달했을 때, 음악으로 자신의 평생을 치환했을 때, 시인은 "늙어/여리고/헐거워져/바람마다 나들어/안개로 부풀은 슬픔"을 마주한다. 시작 메모가 시인의 감정을 여실히 보여 준다. "새벽 네 시에 일어나" 바라본 "하늘에는 별이 보이지 않고, 앞바다 먼바다 아른거리는 불빛"이 눈에 들어온다. "빛이,/있음이/소리 되어/어둠으로 돌아가리라". 시인이 느낀 것은 운명일까. 음악 안으로 귀환하겠다는 선언일까.

세 번째 간주곡에서 시인의 다른 목소리를 듣는다. 『생선 가게를 주제로 한 두 개의 변주』에서 뽑아 올린 「치열」은, 시인이 소리와 음악과 삶을 무정형의 한 덩어리로 여기고 있다는 사실을 증명한다. 그는 시집 안이 아니라 시집 바깥의 소리로, 다른 텍스처의 다른 텍스트로, 다성악(polyphony)을 구성한다. "풀잎 하나를/으스러지도록 얼싸안고/함께 강물처럼 흐느끼는 것은//틈새마다/죽음의 그림자를 보기 때문"이라는 다른 '나'의 독백. 시인의 내면이 드러난다.

죽음이라는 공포 대 생명이라는 환희. 무성(無聲) 대 유성(有聲). 양자로 만들어지는 음악. Jakob Bro, Dagar, Raga Bhopali. 재즈의 이미지. "태양의 그림자로/바스러진 뼛가루들이 관 속에 눕는다"(〈22〉). 인도 음악의 이미지. "텅 빈 우주를 휘감는 불꽃소리"가 다가온다. "떠나가신 아버지를 떠올리"게 하는 소리, 죽음의 "소리들이 무너진다. 하얗게 ……"(〈23〉). 죽음에 사로잡힌다. "죽음을 맞아/몸을 불사를 때/바짝 마른 나무는/온 힘으로 소리를 친다.//불꽃이 잦아들 때/사라지는 소리./그림자 소리."(〈25〉) 죽음의 소리에 몸을 맡긴다. 시인이 죽음을 탐색한다. "그늘소리/죽음 소리"를 제사 지낸다. "생명의 숨소리"를 소환한다. "삶의 소리"가 되살아난다.(〈28〉) 여기서 고유명사 '화이트헤드'를 맞닥뜨린다. 혼종에 플러그-인(plug-in)하는 탈주선. 시 외부로 나가거나 들어오는 구멍. 시 아닌 것이 시가 되기 위해 필요한 신분증-음표 같은 것. 시가 철학에 꽂는 주삿바늘. 생명이, 음악이, 소리가 주입된다. 봄이 왔다. "죽음 속에 소리들이 태어난다."(〈29〉) 리스트, Un sospiro. 음악이 생명과 죽음의 투쟁을 표현한다. "빗소리/깨어지는 낙숫물 소리/바위마저 멍드는 개울 소리//피어나다가 꺾인 꽃봉오리 소리". "리스트의 피아노 소리방울들이 빗방울이 되어 눈 안에서 춤을" 춘다.(〈30〉) 말러, 교향곡 9번. 시인 대 말러. 교향시(交響詩) 대 교향곡(交響曲). 말러의 음악이 시인을 포유한다. 시인은 「삶의 소리들」을 재발견한다. "그래도 그래도/소리를 소리쳐야지/소리가 으스러지도록 소리쳐야 돼"라고 다짐한다. 음악으로 결의한다. 부르크너, 교향곡 7번 아다지오. 장강(長江) 같은 연주가 들려온다. 〈33-1〉 「브루크너의 아다지오에 붙여」는 고전음악을 언어로 완벽하게 표현한 실례(實例)이다. 시인은 "느림의 소리짓"을 "삶이 죽음에 이르도록 갈무리했던 소리"의 "걸음새"로 표현한다. "매우 장엄하게 그리고 아주 천천히" 아다지오가 흘러온다. 소리의 느린 산개(散開)에 형상이 부여된다. 〈33-2〉에서 시인은 행이 축적될 때마다 행의 길이를 연신한다. 음절과 어절, 증가한다. 통사(統辭)의 양, 늘어난다. 교향곡의 악기 소리, 점증한다. "오케스트라가 울부짖으며 외"친다. 시인이 통곡하다가 부르짖는다. "빛이 환합니다./소리가 들립니다./좁은 문이 열립니다./이 못난이를 받아 주십니까./소리빛이 누리에 충만합니다." 터질 것 같다. 시인이 조적(組積)하는 소리의 교향악, 밀도와 압력, 절정을 향해 상승.

간주곡. 쇼스타코비치, 아다지오 현악사중주 15번 작품 144. 시집 『물어뜯을 수도 없는 숨소리』가 장입된다. 아다지오 끝에 들려오는 "당신이여 쉬소서".

"떨어지는 소리를 두 손 모아 받"드는 시인의 영상이 우리를 찾아온다(〈34〉). 시인은 속세의 소리를 힐난한다(〈36〉). "거부와 반항의 몸짓"으로 출렁이는 "미친 리듬과 거친 목소리"에 귀를 연다(〈37〉).

다섯 번째 간주곡, 「혼불(Pneuma)」의 가사. 밴드 툴의 2019년 앨범 『Fear Inoculum』. 툴의 음악 「뉴마」가 소재인 〈38-1〉 「툴의 「혼불」에 붙여」를 지나, 〈38-2〉 「툴의 간주곡들에 붙여」에서―"소리의 우주"와 "소리불꽃, 생명이 뛰노는 곳"에서―강건한 생명력을 목격한 시인이 외친다. "새로운 세계가 환하게 펼쳐지리니". 시인은 〈39-1〉 시의 제재인, 툴의 다른 음악 「Lateralus」에서 피보나치수열의 세계로 표현된 생명의 소용돌이를 경험한다. '록 메탈'에 환호하면서, 헤드뱅잉하면서 "이성의 울타리를 깨트려라"고 명령한다. 황봉구는 음악을 표상의 난민으로 만들지 않는다. 황봉구는 음악을 수행한다. 듣고, 느끼고, 운동한다. 그는 언제나 "미지의 어둠 속, 우주를 걸어"간다. 툴의 세계로 들어간다. 『10,000 days』, 「Wings For Marie」. TOOL, 「(-) Ions」. TOOL, 「Viginti Tres」. TOOL, 「Invincible」. 〈39-5〉, 툴 변주 끝. (시인의 예술비평집, 『사람은 모두 예술가다』, 파란, 2020, pp.523-524에 툴의 음악 특성이 자세하게 서술됨.) 시인이 툴의 음악에서 "검은 리듬"을 찾아낸다. 그것은 "생명의 에너지가/충만한 리듬"이다. 무적의 전사, 황봉구를 목격한다. "그대, 스스로를 이겨 내라"고 결의문을 읽어 주는 시인. 이 힘, 이 동력. 이 시집이 이룩한 빛나는 성취다. 음악의 우주에서 새로 태어난 시인이, 짜라투스트라처럼, 세상으로 들어간다. 영화 「타이타닉」 주제곡, 「My Heart Will Go On」. 인터넷, 유튜브, 광화문, 인간의 세계에 들끓는 소리, 환멸……

여섯 번째 간주곡. 「견디기 힘든 소리」. 회의, 반성, 성찰.

장시 「허튼 노랫소리」의 중간 부분 〈45〉부터 시인은 소리를 재탐색한다. 주제의 변환. 시의 열기가 상승한다. '소리=생명' 주제가 변화무쌍하게 펼쳐진다. 여기(勵起)상태. "율파는 소리/생명이 춤추는 소리" 부글거린다(〈46〉). 차오른다. 시인은 율파에 고양된다. 생명을 열렬하게 품는다. 다시, 산다. 삶이라는 환희 속으로 '폭풍(Tool, 「7empest」)'처럼 진입한다. 헨리 퍼셀, 오페라 「디도와 아이네스」 제3막 아리아. Jessye Norman.

일곱 번째 간주곡. 「장자의 소리 듣기」. 『장자(莊子)』, 「제물론(齊物論)」 번역문. 소리의 세계. 움직임의 세계. "물 흐르는 소리, 화살 나는 소리, 꾸짖는 소리, 바람 들이마시는 소리, 외치는 소리, 아우성치는 소리, 둔하게 울리는 소리, 맑게 울리는 소리" 율파가 된다.

조화로운 소리의 세계로 들어간다. "소리가 꽃"이다. 밤바다의 어선들이 피운 "꽃불"을 보고 시인이 말한다. "소리빛꽃이 꽃빛소리"이다. "소리꽃"이 개화한다.(〈53〉) 「에디트 피아프의 사랑의 송가」가 무대에서 공연된다. "사랑은 여전히 젖어 있는데"(〈54〉) "부끄러운 이 늙은 조용함"을 휘감는 "빛소리"인 음악 때문에, 시인은, 살아 있음의 기쁨을 확인한다. 음악이 '나'의 생이다. "바흐를 들을까/성금연의 긴 산조가락을 들을까/빌라야트 칸의 시타르로 라가를 청할까".(〈55〉) 인도로 우리를 데려가는 시인. Dagar 형제의 Dhrupad. 시타르의 세계. "온몸이 현으로 울"(〈56〉)리는 환희 속에서 "소리빛"(⟨57⟩)이 브라운운동을 한다. 「시간이 걸어간다」에서 시인은 각 행의 길이를 점점 길게 또는 점점 짧게 배치하여 시간의 흐름에 시각 이미지를 부여한다. 시간 속에서 "점./현재가,/점 하나가……" 다가온다(⟨59⟩). 점은 '나'이다. '점'은 생명의 시작과 끝을 지칭한다. '나' 역시 생명의 그 길을, 시간의 흐름을 벗어나지 못한다. 음악-점에서 싹이 돋는다. 덩굴이 뻗어 오른다. 영원을 향해 파동이 퍼져 나간다. 음악이, 음악의 '소리'가 반복된다. 필립 글라스, 「에튀드 6번」. 다도해에 흩뿌려진 섬들 "도, 도, 도……" 반복되는 섬들, 피아노의 음들. "되풀이, 되풀이, 또 되풀이"된다. "생명의 거친 숨소리"에 들뜬 시인의 "얼굴 소리./환하다." 빌 에반스 트리오, 『You Must Believe in Spring』. 마르신 바실레프스키 트리오, 『January』. 피아노 소리, "되풀이되는 삶의 소리들. 아프도록 환하다."(⟨60⟩) 재즈의 반복 운동 속에서 시인은 생명의 박동을 찾아낸다. 우주가 벌컥 쏟아 내는 일출을 온몸으로 받아들인다. "데이면 좋겠다/고름이 흐를 만큼/터지고 찢기면 좋겠다"고 부르짖는다. 들끓는다, 태양이, 생명이. "성금연의 자진모리 휘모리"가 기마 부대처럼 다가오는 것 같다. "푸른 바다/가야금 열두 줄이 달궈져/은빛 파편으로 갈가리 찢기"는 모습.(⟨61⟩) 음악의 이미지가 우리를 압도한다. 황봉구는 음악을 언어로 번역할 수 있는, 거의 유일한 시인이다. 성금연, 가야금 산조.

간주곡. 다음 주제를 압축한 미리 보기. 이전 시집들과

교호하는 상호텍스트들. "허리가 굽어지고/늙은이가 되어서//탁/제자리로 돌아서는/그 쓸쓸함"(「웃음」, 「새끼 붕어가 죽은 어느 추운 날」)을 안고 살아가는 길은 어떠할까.

〈62〉「말러 9번을 듣는 아침에」가 우리를 기다린다. 죽음과 투쟁하는 음악의 아가리가 우리를 물어뜯는다. 그 모든 것이 화르륵 끓어오른다. "붉게 뜨겁게 타오르던 장작더미 아래서/이제 스러져 가는구나./다시 타오르고, 자지러지다가 불씨가 또 피어오르고,/하얀 잿더미 아래서 또 바람 불어 불씨가 살아"난다. 시인은 〈63〉에서 역동하는 소리를 "뭉치소리" "소리덩어리" "소리뭉치" "몸짓소리"로 이름 짓는다. 소리의 고난, 소리의 투쟁 또 한 번 시작된다. 「찢기는 소리」와 「허튼소리」를 통과한다. "부서지는 소리덩이"(〈64〉)와 "허튼 미친 소리"가 "노랫소리./숨소리"가 된다. "오늘도 소리알갱이를 아프게 줍는"(〈65〉) 시인이 「태풍의 밤바다」에서 적출하는 음악. Deftones, 『Gore』. "불협화음의 생성과 소멸", "소용돌이 태풍으로 자폭", "끝이 없는 파멸"로 규정되는 데프톤즈의 음악. 밴드의 보컬리스트 치노 모레노(Chino Moreno)의 목소리를 "새하얀 외침에서 떨어지는 마른 비늘소리"로 묘사한 시인.(〈66〉) 이 압도적인 이미지는 시가 음악과 다르다는 사실을, 시가 음악을 쓰러뜨리는 정권(正拳)이 될 수 있음을 증명한다. 〈67〉「봄에 듣는 데프톤즈」에서 마주치는 "破하고 波하고 破鬪를 놓는 波浪은 속으로 시퍼렇다" 역시 데프톤즈의 음악 특성을 절묘하게 압축성형(壓縮成型)한다. "순수의 검정에서 탈출해서"

252

"하얗게 울어 대는 꽃무리를 향해 붉은 노래를 토"하는 소쩍새, 데프톤즈, 시인. "황봉구는 기록한다", "하얀 울음과 검은 침묵"을. 데프톤즈, 『Around The Fur』. 귀머거리가 될 때까지 데프톤즈의 피맺힌 절규를 듣는다. 〈68〉「대낮에 데프톤즈를 듣다가」에서 광기의 에너지가 마침내 폭발한다. 음악의 힘을 자신의 동력으로 변화시키는 시인. "미치광이 벌거숭이 떼들//역류하는/빗방울의 군단들/바람의 머리채를 휘어잡고/땅에서 하늘로 치솟"아서 "나를 부쉈다"고 말하는 시인. 데프톤즈가 되어 버린 일흔둘의 시인. 식물 : 광합성. 황봉구 : 음악합성(音樂合成). 〈69〉부터 〈71〉을 휘감는 데프톤즈의 이미지. 고사(古事)에서 추출된 텍스트가 뿜어내는 함성 때문에 나는 "Tone Deaf"(〈67〉)되고 만다.

간주곡. 데프톤즈와 베토벤이 메두사의 머리카락처럼 꿈틀거린다. 아수라 백작처럼 말한다. "미쳐라/미쳐라/미친 듯이 미쳐라//소리를 부순다/소리를 분해한다/흩날리는 소리를 응시하고/숨어드는 소리그림자를/지구 끝까지 몰아친다". 베토벤을 끌어안고 시인이 운다. "귀머거리인 사람아/소리를 눈과 가슴으로 보는 사람아/사람의 아들인 사람아"를 읽는 순간, 우리는 알게 된다.(「베토벤의 현악사중주 Op.133을 기리며」, 『새끼 붕어가 죽은 어느 추운 날』) 이 문구의 주체이자 대상이 바로 시인 자신이었음을. 소리를 보는 사람, 소리를 만지는 사람. 소리를 언어로 변태시키는 마법사, 황봉구.

소리의 형상화 방법으로 이 시집에서 공들여 사용되는 기법. 행마다 음절과 어절의 수를 증가시키는, 축자(築字)로 쌓아 가는, 전진시키다가, 펼쳐 놓는 소리의 선상지. 그곳에서 목격하는 광경. 늙다―소리―사라지다.(〈74〉) 예를 들어, "늙어 감은 기호가 얼굴을 벗는 거야. (중략) 늙어 가는 소리들이 얼굴을 드러내는 거야. 당신을 떠나려나 봐. 소리들도 당신과 사는 게 힘겨웠어."(〈75〉) 소리와 이별을 준비한다. 생의 황혼에서, 그 너머를 생각한다. 시인은 "까까중 앳된 머리. 중학교 일 학년 교실"로 돌아간다. 소리로 기록하는 역사. 4.19 혁명의 그날을 회억한다. "검은 회상"의 "검은 소리가 깊은 밤에 환하게 빛나고 있다."(〈77〉) 혁명의 소리, 지금도 생생하다. 혁명의 "불꽃소리", "물길소리"는 "삼키는 소리", "없애 버리는 소리"이다. "물불이 몸을 섞으며 흘러가는 소리. 춤추는 소리. 혁명의 소리. 하늘이 가르쳐 준 노랫소리. 땅이 받아들이는 소리."(〈78〉) 붉다.

열 번째 간주곡. 혁명의 소리 뒤에서 들리는 "이끼소리".

말라 죽어 가는
이끼소리에
견딜 수가 없어서

바위 밑 돌맹이 하나가
자기를 으깨어
저며 낸 피로

254

이끼의 입술을 적시고 있다

—「이끼소리」(『새끼 붕어가 죽은 어느 추운 날』) 전문

이미지스트, 황봉구, 데쓰 메탈(death metal)보다 뜨거운 흑체.

산문시들이 행진한다. 혼돈, 태초. "소리가 소리를 낳고 기른다. 소리는 물불을 가리지 않고 소리를 가슴에 품는다."(〈81〉) 소리가 소리를, 소리가 새 생명을 잉태한다. 소리의 서사가 재연된다. "불소리 물소리가" 인간을 "다시 만들어" 낸다. "물불이 만나 새로운 소리를 찾"는다.(〈82〉) 막 태어난 소리가 들려온다. 「몽돌소리」를 가득 채운 소리를, 소리의 무지개를 찬양하라. 〈87〉「소리꽃 소리춤」의 소리 스펙트럼. 폭포처럼 배열된 행들이 수직으로 기립한 소리를 시각화한다. 물기둥이 아니라 소리 기둥. 거세가 낙하하는 물방울의 비말 같은 하얀 열규(熱叫). "소리들이 흩날리며 깨어진다./외침들이 부서진다./하늘이 열린다./땅이 젖는다./젓대소리.//외로운 소리/쓸쓸한 소리/빛나는 소리//어둠 속/청성자진한잎./생명이 읊조리는 숨소리.//소리는 꽃.//신천지가 환하다./찾으리라.//소리가 여행을 하며/길을 만든다." 도중에 발견하는 "그늘소리" 이미지. "그늘이 넓다./한 잎 그림자가 깊다.//삶의 잎새에/오늘도 말라 가는 그늘소리 한창이다."(〈89〉) 멈출 수밖에 없다. 바깥의 소리를 죽여야 한다. '나'의 소리에 귀를 기울여야 한다. "시인의 소리"가 들리는가. "시는 꽃소리"이다. "들을 때미다 숨

결이 탱탱해져 끝내 사람들이, 온갖 것들이 꽃봉오리를 터트린다."(〈90〉) 시집 제목 "허튼 노랫소리"는 틀린 말이다. 이 시집에는 시의 소리가 무성(茂盛)하다. 음악 여정의 끝에서 만난다. 신중현. 봄비가 내린다. 1967년으로 돌아가서 그 시절의 '나'를 현재로 데려온다. '나'에게 신중현을 꺾꽂이한다. "마음마저 울려" 주는 봄비에 젖는다.(〈94〉) 과거의 고통마저 그리움이 된다.

마지막 간주곡. 황봉구의 시집을 한마디로 응축한다. "줄이 없는 玄琴"이여(「빗속의 소쩍새」, 「풀어뜯을 수도 없는 숨소리」).

마지막 악장. 세계의 끝에서 수혈하는 블랙 메탈(black metal). 「逍遙遊」「물빛소리」. 시인이 풀어놓는 「시나위소리」. 그 변주들. "시나위는 숨소리./신명의 불꽃소리./신이 나게 환히 드러나는 소리./생명의 움직임이 활활 타오르는 소리.//(중략)//살아감이 시나위./생명의 숨꽃, 시나위소리." 무한한 "열려 있음"(황봉구, 『사람은 모두 예술가다』, p.396)으로 나아간다.

마지막 음악. 원일, 「Bardo-K」. 죽음과 생명이 어우러진다. "숨소리/시나위소리/생명의 가락"(〈97-2〉)이 「시나위 우주」에 당도한다. "새로운 소리세계./영원하라./흘러라." (〈99〉) 〈100〉, 음악이 된 시 「하나」를 만난다. "당신의 마음 속에 하나가 웅크리고 있다." "생명은 하나./소리도 하나." 최후의 일자, 소리=생명=사람=음악.

*

이 시집은 음악이다. 음악은 현재이고, 영원한 흐름이고, 뜨거운 사랑이다. 시와 시인과 음악은 분리될 수 없다. 이 시집을 이미지로 번역한다.

*

음악처럼 흘러오는 시간. 말을 잃는다. 시간을 지운다. 나는 여기에 없는 존재이다. 해야 할 일을 잃고, 해야 할 사랑을 방기하고, 공중에 떠오른 나는 분수, 정지한 물방울 또는 빗방울. 음악만이 살아서 펄펄 날뛴다. Pink Floyd, 「Run Like Hell」. 진동이 느껴진다. 몸과 몸이 부딪힌다. 음악이 세계를, 물상을, 정지시킨다. 시집이, 『허튼 노랫소리』라는 음악이, 가슴을 저민다. 당신은 빛나고 있다. 당신의 음악이 아름답다.

미친 다이아몬드처럼 빛나는 당신. Pink Floyd, 「Shine on You Crazy Diamond」.

어둠을 물고 오는 음악 속에서 나에게 발사되는 광선. David Gilmour, 「Comfortably Numb」(2016 Popeii live).

창밖에 서 있는 오래된 여름의 냄새처럼 퍼지는 음악. Deftones, 「Change(In The House of Flies)」.

음악이 나를 지탱해 준다. 나는 황폐한 눈물. 나는 깨진 그릇. 나는 기울어진 폐허. 나는 말라비틀어진 괴물의 표피. 음악만이 살아서 움직인다. 영원한 음악 앞에서 나는 늙어 간다. 고요한 어둠에서 음악이 발생한다. 사랑이 죽었다. 내가 죽였다. 없음에 도달해서 음악을 찾았다. Huun Huur Tu, 「Tuvan Internationale」. 영원한 것이 다가왔다. 음악-희망을 붙들었다. 그날의 나는 사라졌다. 나의 고요를 바라본다. 나를 움직이게 하는 증오를, 그것을 압살하는 다른 사랑을 가만히 지켜본다. 상승하는 음악. 나를 껴안고 비상하는 음악-날개.

사랑이 썩어 문드러졌는데, 음악이 나를 찾아왔다. 나를 감싸고 있는 음악이 만져진다. 따스하고 부드럽고 촉촉하다. 까끌한 홑이불 같은 기타 소리. 주황빛 포옹. 음악이 나를 밀고 간다. 목적 없이 흘러간다. 음악이 흉강에 퍼진다. 음악이 언제나 나를 보살폈다는 생각은 틀리지 않는다. 음악이 존재한다는 사실……

견딜 만하다.

음악이 나를 편히 잠재우려고 하네. 나는 음악에 저항하지 않고, 나를 맡기고, 먼 곳으로, 다른 곳으로 이동하려고 하네. 음악은 나의 영육이었다네.

음악은 잊는 것, 지우는 것, 포기하는 것 그리고 기다리는 것. 오후의 적요. 마음의 침몰. 수면 위에는 음악. 오후를 건너가는 음악. Brother & Brother, 「If You Did Not Exist」. 내게는 사랑의 고통도 이별의 기쁨도 없었다. 봄눈이 내린다. 아침을 회와 백으로 칠해 버린 구름. 눈 내릴 때 쌓이는 침묵이 좋다. 눈송이에 내장된 소리들. 땅에 내려앉으면 울려 퍼지는 음악.

우리는 언제 음악이 될 것인가, 사랑을 이룰 것인가. 음악은 꽃피지 않았고, 사랑한다고 말도 못 했는데, 음악은 사라져 버리고 말았다. 나를 버렸다. 나는 버려졌다. 나는 버려지. 나는 어디에서 소멸할까. Bach, 「The Well-Tempered Clavier」(Evgeni Koroliov, Piano). 봄의 찬란한 꽃들을 보고 있지만, 개화의 면전에서 예정된 낙화를 생각한다. 떠나는 것들, 돌아오지 못할 것들. 몇 번의 봄을 만날 수 있을까. 꽃을 덮고 잠들고 싶다. 하루하루가 다르다. 하루가 하루를 축출한다. 거울 속에서 동결한 음악. 봄 햇빛의 부피.

이별 없는 곳으로 날아가서 음악 없는 곳으로 도망쳐서 아픔 없이 꽃 데리고 흐드러지겠네. 씽씽밴드, 노랫가락. 환하게 얼어붙은 꽃들, 허공에서 놀라 숨죽인 꽃들, 내일이면 헤어지리. 우리는 1년 후에 또 만나겠지만, 우리는 한 번 더 헤어지리, 영원히 반복하리, 이별은 눈물도 없이, 이별은 이별은 멀리서…….

죽음을 처음으로 감지한 것 같은, 서늘함. 로이 뷰캐넌의 기타를 만나면서, 구원을 떠올렸다. 「Down by The River」. 무한한 감정. 동결된 사랑. 우리는 사랑하게 될까. 음악과 나, 나와 너, 그리고 우리. 사그러드는 음악의 숨소리를 앞에 둔다. Chris Cornell, 「The Promise」. 저미는 목소리 관통한다. 음악 앞에서 흔들리는 촛불 같다. 그것이 나일지도 모른다. 고요를 베어 문 음악. 그 얼굴을 뜯어낸다. 바람이 부풀린 커튼 너머에는 퍼지는 오후의 끈끈한 햇빛. 나는 지워지는 중이다.

음악, 시간의 지표, 생명의 증거. 살아 숨 쉬면서, 리듬 속에서 겨우 겨우 살아 버틴 것이다. 온전히 음악, 온전히 사랑. 햇볕. 쟁쟁 울려 퍼진다. 어떤 기다림은 삶의 쾌락이다. 어떤 기다림은 빛나는 형벌이다. 음악을 기다렸는데, 새로운 시간 분절체가 도래했다. King Crimson, 「Lark's Tongues in Aspic Part Ⅳ」. 봄처럼, 두꺼워진다.

벗어날 수 없는 이 세계. 우리는 멀어졌고, 우리는 사라지는 것이고, 우리는 아무도 모르게 증발할 것이다. 흐르는 길, 물결, 피아노, 리듬. 음악-사랑의 종말 그리고 사랑-음악의 탄생. 어둠 안에서 빛을 보여 주는 음악. Tracy Chapman, 「The Promise」. 나는 어떻게 시작되었을까.

그런데, 시작도 되지 않은 공포가 눈앞에 어른댄다. 그것은 이별. 그것은 상실. 노래의 끝, 소리의 종말, 음악이 흘러간다. 아침에 저쪽으로 건너간 음악. 너의 무게, 너의 진동, 너의 빛깔. 쇼스타코비치, 현악사중주 Op.122. 볼륨을 높인다. 몸을 키운다. 자잘한 음표의 꽃망울을 더 가깝게 느끼기 위해 소리의 양을 늘린다. 죽음 쪽으로.

어두운 현(絃)이 삼킨 언어를 추적하기. 불가능한 행동. 음악이 침투하는 과정. 나를 지우는 좋은 방법. 음악. 순기능, 망각. 역기능, 그리움. 슬픔이 증발한다. 마음의 한발(旱魃). 파열. 음악. 절망. 우울. 파주. 들판. 가득 찬 미세 먼지. 들려오는 음악. 신중현, 그동안.

생은 이어져 갈 것이고, 음악은 환상처럼 전진할 것이다. Rush, 「Subdivision」. 밤의 자유로를 질주하는, 음악은 흘러 사라지는 것, 생명도 그러한 것. 사랑은 한 번도 이루어지지 않는 것. 이별할 뿐, 영원히, 지울 뿐, 끝도 없이, 사라질 뿐. 절망과 희망 사이에서 나는 길을 잃었다.

음악을 더 부풀리자. 음악을 더 끌어당기자. 그것뿐. 내가 할 수 있는 일. 나를 불태운다. Meshuggah, 「Combustion」. 음악과 심장 소리. 움직이는 것. 가슴을 지나간다. 시간이 나를 통과한다. 피가 흘러나간다. 숨 쉬고 있다는 증표, 음악. 심장이 뛰고 있다는 신호, 음악. 빛 속으로 간다, 음악. 『허튼 노랫소리』 안으로 들어간다. 광휘의 불꽃이 이글거린다.

시인이 보낸 노래. Leonerd Cohen, 「Coming Back to You」. 시인이었던 그가 언어로 표현하지 못했던 것. 소리-생명. 깊게 안아 주는 목소리. 아프냐고 물어보는 피아노. 순수한 몸, 음악과 내가 뒤섞인다. 몸속에 다른 몸이 들어온다. 꿈틀거린다. 살아 있다. 음악, 영원을 향해 나아간다. 빛살의 잔뼈가 음표를 튕긴다. 건반 위의 빗방울 흘러내린다. 심장에 와 닿는 손길. 따스하게 쓰다듬는다. 보고 싶은 얼굴. 음악이 나를 끄집어낸다. 자유를 향해 날아오른다. Bruce Springsteen, 「Born to Run」.

무성과 유성의 경계를 폭파한다. 눈을 감는다. 음악이 나를 열고 나간다. 찬란한 일출. Yes, 「Heart of The Sunrise」. 봄바람이 분다. 꽃잎이 되고 싶다. 소리여, 욕망이여, 생명이여, 입을 열어라, 음악이여. 입안의, 음악의 눈. Tool, 「Third Eye」. 출렁거리는 빛소리. 율파.